NHKオトナヘノベル

リア友トラブル

NHK「オトナヘノベル」制作班 編

金の星社

NHKオトナヘノベル

リア友トラブル

本書は、ＮＨＫ　Ｅテレの番組「オトナヘノベル」で放送されたドラマのもとになった小説を、再編集したものです。

番組では、おもに十代の若者《わかもの》が悩《なや》んだり困《こま》ったり、不安に思ったりすることをテーマとして取り上げ、それに答えるような展開《てんかい》のドラマを制作しています。人が何かに悩《なや》んだとき、それを親にも友だちにも、また学校の先生にも相談しにくいことがあります。そんな悩《なや》み事《ごと》を取り上げて一緒《いっしょ》に考え、解決にみちびく手がかりを見つけだそうとするのが「オトナヘノベル」です。

取り上げるテーマは、男女の恋愛《れんあい》や友人関係、家族の問題、ネット上のトラブルなどさまざまです。この本では、**「友だち関係のトラブル」**をテーマとした作品を集めました。いずれもＮＨＫに寄せられた体験談や、取材で集めた十代の声がもとになっているので、視聴者《しちょうしゃ》のリアルな体験が反映《はんえい》されています。

もくじ

著者紹介

長江 優子（ながえ ゆうこ）

東京都生まれ。武蔵野美術大学卒業。構成作家、児童文学作家。『タイドプール』で第47回講談社児童文学新人賞佳作を受賞。ほかに『ハンナの記憶 I may forgive you』『木曜日は曲がりくねった先にある』『ハングリーゴーストとぼくらの夏』『百年後、ぼくらはここにいないけど』（いずれも講談社）などの著書がある。

鎌倉 ましろ（かまくら ましろ）

長野県生まれ、千葉県在住。著書に『小説なかよしホラー　絶叫ライブラリー 悪魔のログイン』（講談社）がある。

また、樫崎茜名義での作品に、『ボクシング・デイ』『満月のさじかげん』『ぼくたちの骨』『声をきかせて』（いずれも講談社）など。近著、アンソロジー小説『あまからすっぱい物語 3 ゆめの味』（小学館）に「その夏の、与之丞」が掲載されている。

トリプル・コネクション

長江優子

1　ハッピー入学式

七色にきらめくステンドグラス。

銀色のリボンをたばねたようなパイプオルガン。

入学式の日、あたしは空まで届《とど》きそうなくらい高い天井《てんじょう》を見上げてつぶやいた。

「やっと高校生になれたんだ……」

入学式を体育館じゃなくて礼拝堂《れいはいどう》でやるところとか、制服がブレザーじゃなくて白いセーラー服のところとか、男子がいないところとか、中学のときとぜんぜんちがう。

「ゼロからのスタート」って言葉が、今のあたしにはぴったりだ。

話し声が聞こえてきた。

あたしは背筋《せすじ》をのばして目をキョロキョロ動かした。

あそこだ。最前列の目鼻立ちの整った子が、体をひねって後ろの席の子たちとしゃべっている。

（あの子たち、もうあんなに仲よくしてる）

同じ中学かな。それともＳＮＳを通じて入学前に知り合っていた？　そういえば、さっき女の子たちが校門で「やっと会えたね！」とスマホを手にハグしていた。

（出遅《でおく》れちゃったかな……）

セーラー服のリボンをきゅっとつかんだ。

中学の三年間は黒歴史とまでは言わないけど、かぎりなく黒に近い灰色《はいいろ》の時代だった。

三年生のとき、あたしのクラスには女子のグループが四つあって、それぞれ一軍、二軍、三軍、四軍と呼《よ》ばれていた。

あたしのグループは三軍。一軍や二軍みたいに華《はな》やかじゃないし、四軍みたいに人目を気にせず、自分たちだけの世界で生きていく度胸《どきょう》もない。

つまり、三軍は地味《じみ》な子の集まりというわけ。

（高校生になったらかわりたい。ううん、かわるんだ！）

あたしの過去を知らない人たちにかこまれて、新たなスタートを切る。

そのための高校選びの条件は、こんな感じ。
①家から離《はな》れている。
②男子がいない。
③制服がかわいい（見栄《みば》えアップのため）。
三つの条件をすべて満たしていたのが聖波《せいは》女子学院高校だった。

あたしは必死に勉強した。親や塾《じゅく》の先生から「無理、無謀《むぼう》、最大チャレンジ校」と言われた聖波《せいは》女子学院に見事合格。自分をかえるための第一ステージをクリアした。

（第二ステージは、おしゃれな子と友だちになること！）

でも……。

楽しそうにおしゃべりしているのは、最前列の子たちだけじゃなかった。あちこちに笑顔の花が咲《さ》いている。

胸《むね》がざわついた。礼拝堂《れいはいどう》を埋《う》めるセーラー服の白い海におぼれて、あたしだけがしずんでいくような感じ。

そのとき、だれかの手があたしの右肩《みぎかた》に触《ふ》れた。

「その名字、なんて読むの？　さち？」

隣《となり》の女の子が、胸《むね》もとにつけたあたしの名札を見つめていた。ステンドグラスみたいにかがやく大きな目。最前列のあの子よりもかわいい。

あきるほど聞かれた質問だけど、あたしはじめてのような顔をしてこたえた。

「ううん、幸《さち》と書いて『ゆき』って読むの。幸莉子《ゆきりこ》。へんでしょ」

「へえ～、幸《ゆき》って名字の人、はじめて会った。へんじゃないよ、すごくいい。一生ハッピーな人生を送れそう」

「ありがとう。……あなたは？」

「あたし？　あたしは渡辺羅良《わたなべらら》」

「え～かわいい！」

「ゆきりこちゃんのほうが、ずっとかわいいよ」

すると、左にすわった色白の子まで、あたしの名札をのぞきこんで「かわいい」とほほえんだ。

名札を見つめ返すと、その子はこたえた。

「これ、美茅香《みちか》って読むの。あっ、名字は山田《やまだ》です」

羅良《らら》がプッとふいて言った。

「そこは読めるし」

入学式が始まるまで、あたしは首をせわしなく左右に振《ふ》りながら、羅良《らら》と美茅香《みちか》とおしゃべりした。

「中学はどこ?」「歩き? バス通? 電車通?」「部活なにやってた?」「中学んとき、なんて呼《よ》ばれてたの?」……。

羅良《らら》が「これからユキリコとミチカって呼《よ》ぶね」と言ったので、あたしも「じゃあ、渡辺《わたなべ》さんはララちゃんね」と返した。

礼拝堂《れいはいどう》にひびくパイプオルガンの音色《ねいろ》。長イスにそえられた花のにおい。春の日差しがステンドグラスをすり抜《ぬ》けて、マホガニー材の床板《ゆかいた》に虹《にじ》を描《えが》いている。

ララちゃんがあたしのほうに体をよせてきた。

「なんかすごいね」

「うん」

「あたし、この学校、制服で選んだんだ」

「えっ、ララちゃんも? あたしもだよ」

「マジッ?」

「あたしもそう！」

「え～っ、ミチカまで!?」

「笑える～」

壇上《だんじょう》の校長先生があたしたちをにらんだ。三つの口が貝のように閉《と》じる。

（ララちゃんとミチカが隣《となり》でよかった）

さっきまでの不安はなんだったんだろう。

パイプオルガンの音色《ねいろ》と一緒《いっしょ》に、気分も上昇《じょうしょう》。最高にハッピーな入学式だ。

（高校生活、このままハッピーでいけたらいいな）

うん、きっといける。

あたしは両腕《りょううで》に二人の体温を感じながら、聖歌隊《せいかたい》による祝福の歌に耳をすました。

2 カチューシャの会

入学後のバタバタした二週間がすぎた。

そのあいだ、クラスメートたちはくっついたり、離《はな》れたり、またくっついたり、自分の居場所を求めて四角い教室をさまよっていた。

でも、あたしはちがった。

入学式のときに隣《となり》の席だったララちゃんとミチカとすっかり仲よくなって、別のグループへの移籍《いせき》なんて考えもしなかった。

「あたしたち、名字が近くてよかったね」

お弁当を食べながら、ララちゃんがそう言ったとき、あたしはうれしくてウンウンとうなずいた。

だってララちゃんみたいにかわいくて、目立つ子と同じグループになれたんだもの。

もちろん、ミチカだってルックスは悪くない。

でも、ララちゃんは特別だ。存在感《そんざいかん》というか、オーラというか、とにかく人を引きつける引力がハンパない。顔ならメイクでどうにかなるけど、引力はムリだ。努力して手に入れられるものじゃない。

ララちゃんと一緒《いっしょ》にいると、あたしまでレベルアップしたみたいで自信がわいてきた。


授業が早く終わったその日、ララちゃんが電車の中で「うちに遊びに来ない？」と言った。あたしはもちろんイエス。ミチカもオーケー。

いつもララちゃんの姿《すがた》を見送っていた駅に、三人で降《お》りた。

大きな家が建ちならぶ住宅街《じゅうたくがい》の中をおしゃべりしながら歩いていたら、ララちゃんが急にクイッと道を右に折れて、マンションの敷地《しきち》に入っていった。

「うわぁ〜」

エントランスには熱帯魚が泳いでいる大きな水槽《すいそう》があって、まさに高級マンションって感じ。

エレベーターに乗ると、ララちゃんは四つあるボタンの一番上を押《お》した。扉《とびら》が開くと、そのフロアにふたつしかないドアのうちの一方を開けた。

「ただいま！」

中に入って、さらにビックリ。玄関《げんかん》の向こうにバスケットボールができそうなくらい広々としたリビングがあって、そこからララちゃんのママが泡立《あわだ》て器《き》をつっこんだボウルを抱《かか》えて出てきた。

「あら、どうしたの？」

「友だち、つれてきたの。ユキリコとミチカ」

「はじめまして。幸《ゆき》です」

「山田《やまだ》です」

「まあ～、二人ともかっわいい！　ちょうどお菓子《かし》を焼こうと思ってたところなの。どうぞ上がって」

ララちゃんのママがにっこりほほえんだ。すらっと背《せ》が高くて、すごい美人。ララちゃんにそっくりだ。

ララちゃんの部屋で中学校の卒業アルバムを見せてもらっていたら、ララちゃんのママがトレイを持ってやってきた。アイスティーが三つ。それとクリーム色のマカロンがきれいな器に盛《も》られている。

ララちゃんはマカロンを見て口をとがらせた。

「な～んだ、バニラ味だけか」

「まあ、そう言わずに食べてよ。……そうそう。この前、ララがほしがってたアレ、原宿に行ったついでに買っておいてあげたわよ」

「アレ？　ああ、カチューシャね」

ララちゃんはママから紙袋《かみぶくろ》を受けとって、色ちがいのカチューシャを出した。

「やだ、なんで三つも買ってきたの？」

「だってあなた、何色がいいか言わなかったでしょ。とりかえに行くの面倒《めんどう》だから、全色買っちゃった」

ララちゃんのママがいたずらっ子のような顔をして首をすくめた。

「もう、ママはめんどくさがりやなんだからぁ。ありがとう。もう、あっち行って」

「はいはいはいはい」

ララちゃんのママが部屋から出ていくと、ララちゃんは「うちのママって、へんなんだよね。頭に三つもつけろってこと!?」とあきれた。

「でも、かわいいじゃん」

あたしは針金《はりがね》入りのリボンのカチューシャを見て言った。

赤も青も黒も、ララちゃんなら全部似合う。……と思ったら、いきなりララちゃんは頭の上にひとつ、首まわりにひとつ、それから、鼻にかかるようにカチューシャを後頭部からぐるりと巻《ま》きつけた。つぶれた鼻からブヒッと息をはいて、「こんなの、どう?」。

「キャハハッ、似合ってる、似合ってる～!」とあたし。

「ララちゃん、おもしろすぎ」とミチカ。

ララちゃんはカチューシャをはずして、あたしたちに差し出した。

「ユキリコはこっちつけてみて。ミチカはこっち」

あたしは赤、ミチカは青のカチューシャをつけた。

ララちゃんも、ゆるく編《あ》んだ三《み》つ編《あ》みをほどいて、黒のカチューシャをつけた。

「わ～、二人ともかわいい!」

「ララちゃんも、さっきより似合ってるよ!」とあたしがほめると、ララちゃんは

「でっしょ〜！」と胸《むね》をはった。

三人で鏡の前に立ってみた。赤・青・黒のリボンのカチューシャをつけたあたしたち。すごくイイ感じだ。

ララちゃんがうれしそうに言った。

「あたし、一度こういうのやってみたかったんだ。写真、撮《と》ってもらおっ！」

「うんっ」とあたしとミチカはうなずいた。

「ママー、ちょっと来てー！　早く早くー！」

ララちゃんの家を出たとき、すでに外は暗くなっていた。

プラットホームで電車が来るのを待っていると、ミチカが声をはずませて言った。

「ララちゃんち、すごかったね」

「うん。ララちゃんのママもすごかったよね。マカロンつくったり、カチューシャを爆買《ばくが》いしたり」

「これ、本当にもらっちゃっていいのかな」

ミチカがスクールバッグに視線《しせん》を落とした。その中には青いカチューシャが入っている。

「……だよね」

あたしも自分のスクールバッグを見た。ペンケースの隣《となり》の赤いカチューシャ。これ、結構高そうだ。

リリーン♪　ポーン♪

そのとき、あたしとミチカのスマホが同時に鳴った。

スマホを見ると、ララちゃんからSNSのグループへの招待メッセージが届《とど》いていた。

グループ名は「カチューシャの会」。

〈今日は来てくれてありがとう！　三人でおそろい、楽しかったね！　明日も八時

十五分着の電車で！〉

メッセージに続いて、ララちゃんのママに撮《と》ってもらった写真が届《とど》いた。色ちがいのカチューシャをつけて、ほっぺたをよせあうあたしとララちゃんとミチカ。

あたしは胸《むね》がいっぱいになった。

だって、ララちゃんに友だちとして認《みと》めてもらえたんだもの。

ミチカもうれしそうだ。スクールバッグを見つめてやさしい声で言った。

「カチューシャ、大切にしようね」

「うんっ」

電車がやってきた。ぎゅうぎゅうづめだ。

あたしはスクールバッグを胸《むね》に抱《だ》きしめてドアに近づいた。

3　トリプル・インパクト！

ララちゃんの家に行って以来、あたしとミチカは、ララちゃんにさそわれて学校帰りにアイスクリームを食べたり、駅ビルの中をぶらついたりするようになった。昨日はおそろいのカチューシャをつけてカラオケに行った。三人で歌っている姿《すがた》を自撮《じど》りした写真を見て、ララちゃんが自信たっぷりに言った。

「うちら安定～！　マブダチだねっ！」

ほかの子が入りこむ余地がないくらい超《ちょう》なかよし。

中学のときに三軍だったあたしが、今ではクラスで目立つほうのグループにいる。

「願えばかなう」ってよく言うけど、本当にそうだ。

昼休み、三人でおしゃべりしていたら、隣《となり》のクラスの早川《はやかわ》さんが「写真見たよ！」

と近づいてきた。

「ララちゃんのSNSにアップされてた、三人でカチューシャつけた写真。あれ、メッチャかわいかった！」

するると、ほかの子たちまで集まってきて、「あたしも見た！」「超《ちょう》かわいかったよ！」「ほかのも見せて！」と口々に言った。

早川《はやかわ》さんが去ったあと、ララちゃんは「勝手にアップしてごめんね」と両手を合わせて、あたしとミチカにあやまった。

「ううん、ぜんぜん。ていうか、うれしい！」

あたしがそう言うと、ミチカも「あたしも！」とほほえんだ。

「じゃあ、今度のオリエンテーション合宿で着る服、三人で合わせない？」

ララちゃんの提案に、あたしたちは「うんうんっ！」「そうしよっ！」と賛成した。

翌日《よくじつ》――。

ララちゃんがネットで見つけた※双子《ふたご》コーデの専門店《せんもんてん》に行くため、あたしたちは帰りのホームルームが終わると、すぐに学校を出た。

渋谷《しぶや》にある「ツイン★シスターズ」というそのショップは、女の子たちがいっぱいで、外まであふれていた。

おそろいのニット帽《ぼう》。色ちがいのスタジャン。キャラクターが大きくプリントされたトレーナー。

来ている子たちのほとんどが二人組だったけど、中には六人でおそろいのコーデをしているグループもいた。

「行こう」

あたしたちはララちゃんを先頭にして、人をかきわけながら店内に入った。せまい空間にあふれんばかりの服。いろんなところに双子《ふたご》コーデのお手本がディスプレイし

双子《ふたご》コーデ……いわば双子《ふたご》のように、身につけるものの色やデザインなどを二人で合わせること。コーデは「コーディネート」の略。

てあって、見ているだけでワクワクしてきた。

ララちゃんが振《ふ》り返《かえ》ってあたしに言った。

「見て見て！　店員さんたちも、みんなおそろいだよ」

店員さんたちは全員、Tシャツにネルシャツ、デニムのミニスカートを身につけていた。

でも、ミニスカートの下が生足《なまあし》だったり、レギンスと組みあわせていたり、ネルシャツの裾《すそ》をウエストで結んでいたり、白いTシャツの上にネルシャツをかさねていたりと、それぞれ着こなし方がちがう。とってもおしゃれだ。

「どれにしよっか？」とララちゃん。

「う～ん」とうなる、あたしとミチカ。

あたしたちが買いにきたのはトレーナー。あさってから始まるオリエンテーション合宿の室内着用だ。人ごみをかき分けながら店内を何周もした。どれもかわいくて、なかなかひとつにしぼれない。

ララちゃんが大きくナンバリングされたパーカーを手にとった。

「これ、よくない？」

「かわいい、かわいい！」とあたしとミチカは大合唱。

「じゃ、これにしよっ」

ララちゃんはディープグリーン、ミチカはワインレッド、あたしはマスタード色。

鏡の前に立って、それぞれのパーカーを胸《むね》にあててみた。

ララちゃんが満足そうにうなずいた。

「うん、やっぱこれに決まりだね！」

あたしとミチカも賛成。

レジカウンターの前にならぼうとしたら、店員さんが近づいてきた。

「トップスを色ちがいにするなら、下は一緒《いっしょ》にするといいですよ。たとえば、これとか……」

店員さんがオフホワイトのミニスカートを三枚《まい》持ってきた。裾《すそ》のところに黒い線が二本入っていて、パーカーと合わせるとチアガールっぽい雰囲気《ふんいき》になる。

「これ、超《ちょう》かわいくない？」

鏡の前で上下を合わせたララちゃんが、振《ふ》り返《かえ》ってあたしたちを見た。

（かわいいけど、でも……）

昨日の夜、あたしはママから「トレーナーだけよ。おつりは返してね」って言われて、五千円もらった。最初は「自分のおこづかいから出しなさい」って言われたんだけど、学校帰りにちょこちょこお金を使っていたから、ほとんど残ってなかった。

あたしが黙《だま》っていたら、ミチカが「うん、すっごくかわいい」と言った。

「じゃ、買っちゃう？」とララちゃん。

「うん、買っちゃお！」とミチカ。

ララちゃんが「ユキリコも買うでしょ？」とあたしを見た。

頭の中で三人がポーズをとってるところを想像した。二人は上下合わせてコーデ。なのに、あたしだけちがうって、かなりビミョウ。そんなのありえない。

あたしは「もちろん！」とこたえた。


パーカーが二千七百九十七円で、ミニスカートが二千百四十九円。合計すると四千九百四十六円。

お金はギリギリたりたけど、家に帰ったらママに「トレーナーだけって約束だったのに、話がちがうでしょ」ってしかられた。

「それに、これとそっくりのスカート、あなた、持ってるじゃない」

部屋にもどってクローゼットを開けたら、ママの言ったとおり、似たようなミニスカートがあった。

「やだっ、しくじった！」

なんで、ショップにいるときに気づかなかったんだろう。

これなら買わなくてもよかったのに。

あたしはクローゼットのドアをパタンと閉《し》めた。


オリエンテーション合宿の最初の夜――。

あたしたちはわりあてられた部屋で、学校のジャージをぬいで、この前買った服に着《き》替《が》えた。

色ちがいのパーカーにオフホワイトのミニスカート。そして、あたしたちグループの証《あかし》、リボンのカチューシャを頭にセットオン。

食堂に行ったら、みんなの目がいっせいにこちらに集まった。

あちこちから上がる「かわいい～」の大合唱。

隣《となり》のクラスの早川《はやかわ》さんなんて、わざわざあたしたちの前に来て、上から下までなめるように見つめた。

「超《ちょう》かわいい！　ねっ、ねっ、どこで買ったの。メッチャいい～！」

ララちゃんがあたしの耳もとでささやいた。

「やっぱ三つ子コーデって、インパクトあるんだね」

「うんっ」

ミチカも照れくさそうに笑ってる。

（このスカート、やっぱり買ってよかった！）

あたしはファッションショーのランウェイを歩くように、ミニスカートの裾《すそ》をひらひらゆらしながらテーブルに向かった。

4 エンドレス・モード

オリエンテーション合宿のあと、あたしたちのキズナはますます深まった。

おでかけのときは、きまってチアガール風の三つ子コーデ。プリントシール機で撮《と》った写真に「三つ子ｃｈａｎ《ちゃん》」と落書きして※ＳＮＳにアップしたら、中学のときの友だちから「かわいい！」とか、「ユキリコ、かわったね」とか、たくさんのメッセージが来た。おまけにフォロワーの数も増えて、あたしは鼻高々《はなたかだか》だった。

おそろいは服だけじゃない。

家庭科で使う生地《きじ》を同じ柄《がら》にしたり、明日のお昼はお弁当じゃなくて、購買部《こうばいぶ》でクロワッサンサンドを買おうと約束したり、何から何まで三人一緒《いっしょ》。

この前はララちゃんから「明日はポニーテールで集合！」ってメールが来たので、

ＳＮＳ……メッセージのやりとりや、写真の投稿・共有などができる、コミュニティ型のインターネットサービス。

翌朝《よくあさ》、髪《かみ》をひとつにしばって登校した。

三人おそろいの髪型《かみがた》でいい感じ！　とあたしは思ったけど、ミチカはどこかぎこちない笑顔をうかべていた。

気になったので、帰りの電車でミチカと二人きりになったとき、「今日、元気なかったけど、どうしたの？」とたずねてみた。

ミチカはおどろいて「そんなふうに見えてた？」と逆に質問を返してきた。

「うん。なんか、ずっと下ばっかり向いてた」

「……だってあたし、似合わないから」

「えっ？」

「ポニーテール。あたし、顔が四角いからはずかしくて……。あっ、みんなでおそろいは好きだよ。でも、ポニーテールだけは……。こんなこと言って、ごめんね」

「ううん。でも、かわいいよ。お世辞《せじ》じゃなくて本当に。ぜんぜんへんじゃない」

「ありがとう」

ミチカに笑顔がもどった。でも、次の駅に着かないうちに、シャボン玉みたいに笑顔がパチンと消えた。

三人ですごすのは最高に楽しいけど、困《こま》ったこともある。

お金だ。

あたしのおこづかいは月六千円。悪くないけど、すごくいいってわけじゃない。学校帰りにアイスクリームを食べたり、おそろいの消しゴムとか、ヘアピンとかをちょこちょこ買ったりしているうちに、財布の中身がからっぽになってしまった。

五月はまだ半分しかすぎてないのに、ママから三千円も前借りしているので、持ち金はマイナス三千円。

昨日、ママにおねだりしたら、「いいかげんにしなさい」ってしかられた。

だから、新しい服を買いにいこうってララちゃんにさそわれたとき、あたしは「ごめんっ、おばあちゃんの具合がよくないから、お見舞《みま》いに行かなきゃいけないんだ」

とうそをついた。

来月になったらおこづかいが入るし、ねばってお願いすれば、三千円の前借りもチャラにしてもらえるはず。今月はガマンの子だ。


そんなあたしの決心は、一週間もたたないうちにゆらいだ。

委員会活動が終わってトイレに行ったら、ドアの向こうからクラスメートの声が聞こえてきた。

「ララちゃんたち、よくおそろいの服、着てるよね」

「うん。ララちゃん、超《ちょう》かわいい」

「でもさ、あのグループの中でユキリコだけ、なんかキャラちがわない？」

「ああ、わかる」

「わたしもそう思ってた」

（あたしって、まわりからそんなふうに見られてたんだ……）

ショックを引きずりながら教室にもどると、ララちゃんとミチカがうかない顔をしていた。あたしに気づくと、ララちゃんは手まねきしながら「ユキリコ、これ見てよ」と言って、机《つくえ》の上の雑誌《ざっし》をさした。

「あっ、早川《はやかわ》さんだ！」

ストリートスナップのページに、隣《となり》のクラスの早川《はやかわ》さんとその友だちがのっていた。大きくナンバリングされた色ちがいのパーカーと、裾《すそ》に黒い線が二本入ったオフホワイトのミニスカート。これって……。

「あたしたちの服とそっくり！」

あたしが叫《さけ》ぶと、ララちゃんは「でしょっ！」とめずらしく怒《おこ》った口調で言った。

「この合わせ方、あたしたちのまねしたんだよ。だって、リボンのカチューシャまで一緒《いっしょ》だよ。ひどくない？」

ミチカも眉《まゆ》をひそめて言った。

「そういえば、オリエンテーション合宿のとき、どこで服を買ったか、早川《はやかわ》さんが聞いてきたよね」

「うん。きっと合宿のあと、速攻《そっこう》でツイン★シスターズに行ったんだよ」

「サイテー」

「ホント、最悪」

あたしは怒《いか》りにまかせて雑誌《ざっし》を閉《と》じると、二人に向かって言った。

「こうなったら、新しい服、買おっ！」

「うん、そうしよっ！」とうなずくララちゃん。

「今日、買いにいこうよ！」と身を乗りだすミチカ。

「うんっ。……あっ」

言ってから、「しまった」と思った。

今月はもうお金がない。財布に小銭しか入ってないのに、どうやって服を買えるというの？

そのとき、ふとトイレでのことを思い出した。

「キャラがちがう」って、どういうことなんだろう。

あたしがララちゃんに不釣《ふつ》りあいだって言いたいのかな。

それってつまり、グループからはずれろってこと？

（ふざけないでよ）

あたしはカチューシャの会のメンバーなんだから。

ララちゃんと同じレベルになるのはムリでも、しっくりなじんでいるようには思わせたい。

「今日はムリだから、明日でもいい？」

あたしはスマホで服をチェックしているララちゃんとミチカにたずねた。

「どうして？」

「ほら、あの、おばあちゃんが……」

「ああ、お見舞《みま》いね。じゃあ、明日！」

「う、うんっ」


家に帰ると、ママが夕食の支度《したく》をしていた。

「ママ」

「ん？」

「……あ、やっぱなんでもない」

部屋に行こうとしたそのとき、ソファーの上のハンドバッグが目に入った。

（明日の買い物、どうしよう）

今さら、ララちゃんとミチカにことわるなんてできない。
これからもずっと、カチューシャの会のメンバーでいたい。
ずっと、ずっと、ずっと。
(少しだけ……。ちゃんと返すから……)
七時のニュース。キッチンから聞こえてくるママの鼻歌。
あたしはハンドバッグに手をのばすと、ママの財布からお札を抜《ぬ》きとった。

5 けがれた服

あたしたちは渋谷《しぶや》の双子《ふたご》コーデ専門店《せんもんてん》「ツイン★シスターズ」で、ロゴ入りスウェットとデニムのサロペットを買った。それとペイズリー柄《がら》のヘアバンドも。近くのデパートのトイレで着替《きが》えて、そこから原宿《はらじゅく》のゲーセンに移動してプリントシールを撮《と》って、すぐにSNSにアップ。ゲーセンを出たところで男の人に声をかけられた。

「『SS《エスエス》／JAPAN《ジャパン》』っていう雑誌《ざっし》の者なんですけど、キミたちの写真、撮《と》らせてもらえないかな」

雑誌《ざっし》の名前を聞いて、あたしたちは「えぇ～」と言いつつ、顔をほころばせた。

「いいですよ」

「じゃあ、いきまーす！」

あたしたちはカメラに向かってポーズした。

ポジションはいつものようにララちゃんが真ん中で、ミチカが右、あたしが左。

着ている服が盗《ぬす》んだお金で買ったってこと、一瞬《いっしゅん》忘《わす》れてモデル気分になった。


「『SS／JAPAN』のページ見たよ！　トップ画面なんてすごいね！」

ストリートスナップを撮《と》られてから何日もたっていないある日、クラスメートから声をかけられて、あたしもララちゃんもミチカも一瞬《いっしゅん》、「？？？」となった。

だって、『SS／JAPAN』のスタッフさんから、あたしたちが掲載《けいさい》される雑誌《ざっし》の発売は二か月先と聞いてたから。

「雑誌《ざっし》じゃなくてネットのほうだよ。『SS／JAPAN』の公式サイトの〈今週のベストコーデ〉にララちゃんたちが選ばれてたよ」

「うそぉぉぉ!?」

あたしたちはあわててスマホをチェックした。『SS／JAPAN』で検索《けんさく》して公式サイトにたどり着いたら、三人でほほえんでいる写真が目に飛びこんできた。

「ホントだ！」

「きゃ～！」

「信じらんな～い！」

大さわぎしているあたしたちの横で、クラスメートはしたり顔で言った。

「ベストコーデに選ばれると、雑誌《ざっし》でもそのときの特集ページにいちばん大きくのるんだよ」

「へえ～、知らなかった」

「あのスタッフさん、そんなこと教えてくれなかったし」

あらためてスマホを見た。堂々としたララちゃんの立《た》ち姿《すがた》。その隣《となり》でふんわりとほほえむミチカと、腰《こし》に手をあててカメラを見つめるあたし。

うん、悪くない。ララちゃんのかわいさにはかなわないけど、ちゃんと二人の空気になじんでると思う。

公式サイトにアップされるだけでもすごいのに、雑誌《ざっし》の特集ページにいちばん大きくのるなんて信じられない。早川《はやかわ》さんたちの写真なんて、学生証の写真のサイズだったのに。

(勝った！)

早川《はやかわ》さんたちに。あたしのことを「キャラがちがう」と言った子たちに。

あたしは心の中でガッツポーズした。

不意に、ララちゃんがスマホをあたしのほうに向けた。画面にはカウボーイハットをかぶった二人の女の子が映《うつ》っている。

「今度はウエスタンっぽくまとめてみない？」

「えっ」

「新しいコーデだよ」

「あ、ああ。うん、いいと思う」

「じゃあ、今度の日曜日に買いにいこっ！」

「…………」


ママの財布にまた手をのばした。

いけないことだって、もちろんわかってる。

でも、ララちゃんのさそいはことわれない。

三人でおそろいだからインパクトがあるのに、あたしだけちがう服なんてたえられない。

（ミチカはどうなんだろう）

お金持ちのララちゃんはいいとして、ミチカは？

お金のこと、どうしてるんだろう。

下校時、ララちゃんが電車から降《お》りたあと、あたしはミチカにさりげなくたずねてみた。

「おこづかい、いくらもらってる？」

「ううん、もらってないよ」

「えっ？　じゃあ、バイトしてるの？」

「ううん。うちは必要なときにお母さんからもらうシステムになってるの」

「それって、いくらでももらえるの？」

「まあ、必要なら……。うん……」

「ふーん」

聞いてがっかりした。いくらでももらえるなんて、ララちゃんと一緒《いっしょ》じゃん。お金に苦労してるのはあたしだけじゃん。

「でもね、ユキリコ。お金をもらえるからって本当にうれしいわけじゃないよ」

「どうして?」

「だって……」

ミチカは口ごもった。

(あたしに気をつかわなくてもいいのに)

そんなふうにされるほうが、よっぽどヘコむ。

ミチカは話題をかえるように「明日、渋谷《しぶや》で買う服、何色にするか決めた?」とたずねてきた。あたしは窓《まど》を見つめてこたえた。

「ううん、まだ」

「あたしも。ネットの写真はピンクがかわいく見えたけど、本物を見ないとわからないよね」

「そうだね」

「じゃあ、明日ね。バイバイ」

「うん」

夜、雨の音を聞きながら、あたしはベッドに横になってスマホで写真をながめた。

チアガール風。スウェットとデニムのサロペット。そして、つい最近買ったウエスタン風。

三つ子コーデでキメた、あたしとララちゃんとミチカの幸せいっぱいの顔。

(幸せ、なのかな)

ふと、そんなことを思った。

春の次は夏。その次は秋。さらに次は冬。ショーウィンドーのディスプレイがかわるたびに、二人とおそろいの服を求めてママの財布に手をのばさなきゃいけないかもしれないのに、それが本当に幸せなんだろうか。

(三つ子コーデ、いつまで続くんだろう)

やめたいって言ったら、ララちゃんとミチカは、もうあたしと仲よくしてくれないのかな。

そんなことを考えてしまう自分が情けなかった。

そんな考えを自信を持って否定《ひてい》できない自分はもっと悲しい。

「さてとっ!」

あたしはグレーな気分を払《はら》いのけるように起き上がった。

明日はおそろいのカウボーイハットにデニムのワンピースを着て出かけようって、さっき、ララちゃんからメッセージが来た。セッティングしておかなくちゃ。

クローゼットの取っ手に手をかけたそのとき、リビングのほうからパパとママの話し声が聞こえてきた。声の調子がなんかピリピリしてる。

あたしは部屋のドアをそっと開けて、二人の声に耳をそばだてた。

「本当に莉子《りこ》が？」

「ええ」

「いくら？」

「たぶん八千円くらい」

「何かのまちがいじゃないのか」

「わたしも最初はそう思った。あの子にかぎって、そんなことをするはずがないって。でも……」

「でも、なに？」

「あの子の部屋のクローゼットを見ればわかるわよ。見覚えのない服がどんどん増えてるんだから」

視界《しかい》がかすんだ。体がこわばって冷たくなる。

（ばれてたんだ）

あたしは部屋にもどってクローゼットを開けた。
ハンガーにかかったデニムのワンピースが、一瞬《いっしゅん》、ものすごくけがれて見えた。

6 もう一人の友だち

〈風邪《かぜ》引いたぁ。今日は買い物行けないよ～。グスン〉

朝起きてスマホを見たら、ララちゃんからメッセージが届《とど》いていた。

ララちゃんには悪いけど、あたしは心からホッとした。

遅《おそ》い朝食をとりながらテレビを見ていたら、スマホが鳴った。

ミチカからだった。

「もしもし」

「あっ、ユキリコ？　今、なにしてる？」

「べつにな～んも」

「ヒマだったら、一緒《いっしょ》に遊ばない？」

「うん、いいよ!」

昼すぎに駅前の広場に行ったら、ミチカが待っていた。

デニムのワンピースにカウボーイハット。あたしと一緒《いっしょ》だった。

「おそろいだね」

「今日は三つ子じゃなくて双子《ふたご》コーデだけどね」

「フフフ」

「どこ行く?」

買い物をさけるために「お天気がいいから公園に行こうよ」と提案したら、ミチカは「いいよっ」とうなずいた。

公園に向かって歩きながら、ミチカが言った。

「さっき、ララちゃんに電話したら、ひどい鼻声だったよ。明日も学校は、ムリっぽいって」

「そんなにひどいの？」

「うん。でも、風邪《かぜ》引いた理由を聞いて笑っちゃった」

「なにに？」

「昨日の夜、ピンセットで腕《うで》の毛を抜《ぬ》こうとしたら、うまくいかなかったんだって。それで、鳥肌《とりはだ》が立てば抜《ぬ》きやすくなるんじゃないかと思って、裸《はだか》になって部屋の窓《まど》を全開にしたんだって。脱毛《だつもう》はうまくいったけど、かわりに風邪《かぜ》引いたんだってさ」

「アハハ、かわいそうだけど笑える～。ララちゃんって、ホントおもしろいよねえ」

「ちょっと、天然っぽいところがかわいいよね」

「うんうん」

公園のゲートをくぐった。春の花々と新緑がきれい。ラクダの背中《せなか》みたいな丘《おか》の斜《しゃ》面《めん》で家族づれやカップルがくつろいでいる。

あたしは丘《おか》を指さして言った。

「あそこに登ろうよ」

「うん」

あたしたちは丘《おか》の頂上《ちょうじょう》をめざした。

太陽が空のてっぺんから、肌《はだ》をジリジリと攻撃《こうげき》してくる。

「日に焼けそう」

「ミチカ、色白だもんね。日焼け止め、ぬってきた?」

「うん。SPF50のヤツ」

「最高レベルのじゃん。じゃあ、大丈夫《だいじょうぶ》だよ」

丘《おか》の頂上《ちょうじょう》に着くと、あたしはカウボーイハットをぬいで、芝生《しばふ》に寝《ね》ころがった。

「フ~ッ、疲《つか》れたぁ」

ミチカもあたしの横でゴロンとなる。

「けっこうキツかったね」

あたしはミチカのほうを向いて言った。

「なんか、二人で遊ぶの、はじめてだよね」

「うん。なんか、新鮮《しんせん》」

あたしは胸《むね》の上にカウボーイハットをのせて、空を指さした。

「あの雲、ゾウリムシみたい」

「ていうか、落花生《らっかせい》みたいじゃない？」

「あ～、そうかも」

「ユキリコ、生物の宿題やった？」

「ううん。帰ったらやらなきゃ」

「あたしも」

「あ～、明日はもう学校かぁ」

「一週間って、あっという間だよね」

「……あっ、そうだ！」

あたしはバッと上体を起こした。

「今週から六月じゃん！　やっとおこづかいが入る！」

「ユキリコはおこづかい、いくらもらってるの？」

「六千円。……あっ、でも、たりないから交渉《こうしょう》するつもり」

「うん。確かにたりないかもね」

ミチカの言葉が心にささった。バカにされた気分だと思ったら、ミチカが「あんなに買わなくてもいいのかも」とつぶやいた。

「えっ？」

「あっ、ううん。おそろいの服着るの、すっごく楽しいよ。でも、こんなにお金使っていいのかなって、思ったりもして……」

「あたしもそう思う」

「えっ、ユキリコも?」

「でも、ミチカんちは必要なときは、いくらでももらえるんでしょ?」

「うん。でも、それがちょっと……」

ミチカは胸《むね》の上にのせたカウボーイハットをきゅっとにぎりしめて「痛《いた》いの」と言った。

「どうして?」

「あたし、中学んとき、いじめられてたんだ」

「えっ……」

ミチカは起き上がって、カウボーイハットを目深《まぶか》にかぶった。

小さくてぷっくりしたくちびるが動く。

「あたしって、のんびりしてるでしょ。空気読むのもヘタだから、気づいたらグループの中ではじかれてて……。はっきりした理由もわからないまま、みんなが口をきいてくれなくなって、しばらくしたら、また話しかけてくるようになったの。あたし、何ごともなかったようにすごしてたけど、本当は不安でいっぱいだった。またいつか、同じことをされるんじゃないかってビクビクしてた。それでママに話したら、あたし以上に不安がっちゃって」

「…………」

「うちのママね、お金くれるときに『それで、友だちとは仲よくしてるの？』って聞くんだ。ママがムリをしてでもお金をくれるのは、あたしが友だちから仲間はずれにされないようにするためなの。それがわかるから胸《むね》が痛《いた》むの」

ミチカはそう言って、ひざの間に顔をうずめた。

「そうだったんだ……」

あたしはミチカのこと、ずっと誤解《ごかい》してた。ララちゃんと同じようにお金持ちだと思ってた。

いつもニコニコしているミチカが、あたしと同じように「服、買いにいこっ！」とララちゃんからさそわれるたびに、つらい思いをしていたとは。

「じつはあたし、ママのお金を……」

そのとき、子どもたちが大声をあげながら、あたしたちの前を走っていった。

「えっ？」とミチカがあたしのほうに体をよせる。

「……ママのお金、盗《ぬす》んじゃったの」

「………」

ミチカはカウボーイハットのつばを持ち上げて、あたしをじっと見つめた。

7 トリプル・ハート

じつはあたし、ママのお金、盗《ぬす》んじゃったの——。

晴れた公園で、あたしはミチカに告白した。

「服を買うのにおこづかいだけじゃたりなくて、ママの財布からお金を抜《ぬ》きとったの」

「何回くらい？」

あたしは右手の指を二本立てた。ミチカは小さくうなずいた。

「ひどいよね。でも、あたし、みんなとおそろいの服買うことで頭がいっぱいだった。この服も、この帽子《ぼうし》も、盗《ぬす》んだお金で買ったの」

あたしはくちびるをかんだ。

すると、芝生《しばふ》の上に広げたあたしの手の上に、ミチカがそっと手をかさねてきた。

「ユキリコもつらかったんだね」

「………」

ミチカの手と、言葉のぬくもりが、あたしのすさんだ心にしみこんできた。

胸《むね》に何かがこみ上げてきて、喉《のど》がクッと鳴る。

ミチカがあたしの顔をのぞきこんで言った。

「もうコーデはやめようって、ララちゃんに言おう」

「でも……」

「大丈夫《だいじょうぶ》。あたしから言うから。ね、ユキリコ」

「ミチカ……」

「あたし、ママにお金のこと、はっきり言う。だから、ユキリコも自分のママにちゃんとあやまって」

ミチカの言葉に、あたしはうなずいた。

月曜日、ララちゃんは欠席した。

火曜日、マスクをしてあらわれたララちゃんは、かすれた声以外はいつもとかわらず、お弁当を食べ終えると、スマホで服をチェックし始めた。

「真夏の先取りコーデだって。あっ、このワンピかわいい。買うなら同じ色でそろえたほうがいいよね？」

「そうだね」とミチカはうなずくと、続けてこう言った。

「でも、しばらく服を買うのはやめよう」

ララちゃんはきょとんとした。マスクの上の大きな目が動いて、あたしを見る。

あたしも勇気を振《ふ》りしぼって言った。

「今月、いっぱいお金使っちゃったから、ママにしかられて……。あたしもお買い物はしばらくガマンしようと思う」

ララちゃんは腕《うで》を組んでうなずいた。

「確かにあたしたち、買いすぎだったかも。ていうか、あたしが一人でつっぱしってたよね。う〜ん、ごめんっ！」

ララちゃんはそう言うと、スマホをスカートのポケットにしまった。

そうして、あたしたちは何ごともなかったみたいに別の話に移った。

ホッとした。頭にのっけた重たいモノが、やっとはずれた気分。

かすれた声で楽しそうにおしゃべりするララちゃんを見つめながら、あたしは今まで、ララちゃんの何を見ていたんだろうって思った。

最初はララちゃんのルックスにひかれた。でも、この子とずっと仲よくしていたいと思ったのは、見栄《みえ》をはりたかっただけじゃない。ララちゃんのおもしろいところとか、カラッとした性格とかが好きだったからだ。

本音《ほんね》を打ちあけた今、あたしやミチカの気持ちを大事にしてくれるララちゃんがもっと好きになった。ミチカの思いやりと勇気のあるところも、同じくらい好きだ。
（あたしたち、同じ服をまとって心をかくしてきたのかも……）
その服をぬいだとき、本当の友だちかどうかわかる。
そして、あたしたちは本当の友だちだったんだ。
チャイムが鳴った。五時間目は体育だ。
ララちゃんが廊下《ろうか》を歩きながら「今度の創作《そうさく》ダンスの発表会、衣装《いしょう》はどうする？」
と言った。
「テーマは春だから、春っぽいのがいいよね」とあたし。
「じゃあ、イモムシとか？」とミチカ。
「なんで、イモムシ!?」と笑う、あたしとララちゃん。
「そうだ、この前の家庭科であまった生地《きじ》で、リボンをつくらない？」
「うん、それいいかもっ」

「そうしよっ」

ララちゃんのアイデアに、あたしとミチカは賛成した。

続けてミチカが「今度の週末、うちに泊《と》まりにこない？」と言った。

「うちのママがね、ユキリコとララちゃんに会いたいんだって」

「え～、行きたい行きたい！　お泊《と》まりさせて！」

ララちゃんが目をかがやかせてミチカの腕《うで》に手をからめた。あたしもうれしくって、はずむように歩いた。

「うちはせまいし、ララちゃんちのママみたいにマカロンなんてつくれないけど、ママのギョウザ、おいしいよ」

「わーい！　あたし、ギョウザ大好き！」とララちゃん。

「あたしも！　じゃあ、お泊《と》まりの日にみんなでリボンをつくろうよ！」とあたし。

ほほえむミチカとララちゃんの髪《かみ》が春の光にかがやいて、天使みたいな虹色《にじいろ》の輪ができていた。

入学式の日、礼拝堂《れいはいどう》のマホガニー材の床板《ゆかいた》に落ちていた虹色《にじいろ》の光を見つめながら、ハッピーな高校生活を夢見ていた自分を思い出す。

あたしはあのときの自分に向かって言いたい。

「本当のハッピーはまだまだこれからだよ」って。

解説

心理学者　晴香葉子

◎親のルールはグループのルールに簡単《かんたん》に負ける

本作を読んでいるとき、「親に嘘《うそ》をついてまで……」と思った人も多いと思いますが、いざ当事者になってみると、同じような行動をとってしまう人は多いものです。心理学的な調査でも、親のルールと所属グループのルールが対立したときに、子どもの行動において、〝親のルールのほうが簡単《かんたん》に負けてしまう〟ということがわかっています。

親の手を離《はな》れ、自分の世界を広げ始めると、〝所属するグループから排除《はいじょ》されないことや孤立《こりつ》しないこと〟のほうが重要に感じられるようになるからです。

◎友だちづくりの《さしすせそ》

入学式など、新しいコミュニティがスタートする場では、「とにかく、まず一緒《いっしょ》にいられる人を見つけたい」という思いや焦《あせ》りから、無理をしてしまうこともあります。不安な気持ちはみんな同じですから、友だちづくりの《さしすせそ》を頭に入れて、自然体で仲よくできる心地よい関係を築いてみてください。

「さ」先に登校……新学期に教室に入るときはだれでも緊張《きんちょう》するもの。先に登校して迎《むか》える側になり、入ってきた子に「おはよう」と声をかければ、相手もほっとして良い関係がスタートします。

「し」質問のかたちで声をかける……「次は体育館だっけ?」「今から帰るの?」など、質問のかたちで声をかけます。人は質問されると、〝相手が期待するような答えを返したくなる〟という心理が働きますので、「うん、体育館だよ。一緒《いっしょ》にいく?」「帰るよ。一緒《いっしょ》に帰る?」といった返事をもらうことができ、一緒《いっしょ》の行動につながります。

「す」好きなものをわかりやすく……自分の好きなアニメやアーティスト、キャラクターなどが人からわかりやすいように、文具や雑貨が目にとまるようにしておきます。人は、相手の好みがわかると安心するので、話しかけてもらいやすくなります。

「せ」先生あるある……「今度の先生、こうなんだって」と先生のちょっと笑えるうわさ話をしてみてください。お互《たが》いに〝生徒である〟という共通点を実感でき、仲間意識が生まれます。

「そ」〝そ〟のつく相槌《あいづち》……「そうなんだ!」「それで?」「それから?」など、〝そ〟のつく言葉を使って相槌《あいづち》を打ちます。話すことが苦手《にがて》な人でも、聞《き》き上手《じょうず》になれば、いつまでも会話が途切《とぎ》れず、人とかかわるのが楽になります。

ぼっちレボリューション

長江優子

1　リア充《じゅう》のユーウツ

オレの名前は、岡野大地《おかのだいち》。

肥枇杷《ひびわ》高校っていう、家からバスで停留所五つのところにある、共学の私立校《しりつこう》に通ってる。

入学式以来、オレはやたらといそがしい。部活もバイトもやってないのに、毎日のメニューがてんこもりで、それをこなすだけで精一杯《せいいっぱい》だ。

メニューといったって特別なもんじゃない。日常のなにげないことでもハイテンションのオレがやると、人の十万倍のエネルギーを使ってしまうってだけの話だ。

たとえば、朝のあいさつ。オレは目が合ったヤツにはかならず声をかける。男友だちにはもちろん、女子にも先輩《せんぱい》にも先生にも腹《はら》の底から声を出して「オウッ」とか、

「チーッス」とか、「おはよーございまーす」とかあいさつする。〈ぼっち〉の坂名井《さかない》マコトにも忘《わす》れない。でも、ヤツはちらっと目を向けるだけでスルーするけどね。

授業中は全力で爆睡《ばくすい》。終礼のブザーが鳴ると、むくっと起き上がって、※スクールカーストの頂点《ちょうてん》に君臨《くんりん》する城戸《きど》ショータの席に直行する。興味ありげな話題で会話を盛《も》り上《あ》げる一方、みんなの話にボケたり、つっこんだり、時には真剣《しんけん》な顔して聞きいったりもする。知らない話題が出たら、あとでチェックできるように心のメモ帳にキチッと書きこんでおく。

昼はエネルギー大放出タイムだ。

食堂で速攻《そっこう》メシを食って、反則ＯＫのサッカーやバスケをやる。オレ、本当は運動ニガテなんだけど、だれよりも走りまわってボールを追いかける。シュートを決めようとするヤツの前には、決死の覚悟《かくご》で仁王立《におうだ》ち。だから、ショータはオレとチームを組みたがるんだけど、おかげで今日もハデにすっころんで保健室行きとあいなった。


スクールカースト……学校での人気の序列。

うちの学校、保健の先生が眞白廉《ましろれん》っていう男なんだ。めずらしいだろ？

どっかの大学の医学部を卒業したあと、世界中を放浪《ほうろう》して現地の病人の治療《ちりょう》にあたっていたとかで、女子たちは先生のことを「ブラックジャック」ならぬ「ホワイトジャック」って呼《よ》んでるけど、本当のところはわからない。

レン先生は異色《いしょく》の経歴の持ち主だが、もっとすごいことがある。何かっていうと、保健室のドアを開けると、森の中にまぎれこんだようなにおいがするんだ。いわゆるアロマってヤツ。生徒の具合が悪いときは、体調に合わせて、先生がベランダで育てたハーブのお茶を入れてくれるらしい。だが、オレはしょっちゅう保健室におじゃましてるのに、そんなおもてなしは一度も受けたことがない。

「また岡野《おかの》かよー。今日はどこやった？」

「結構なごあいさつっすね。ここっすよ、ここ。重症《じゅうしょう》っすよ」

「はいはい、すわって」

レン先生はあきれ顔でオレの腕《うで》に消毒薬をつけた。

「ケガは男の勲章《くんしょう》ですから！　先生、ハーブティーください」

「岡野《おかの》の体にきくのは、激辛《げきから》とうがらし茶だな」

「んじゃ、それを」

「アホッ。んなもん、あるわけねーだろ！　爪《つめ》がのびてるから、これで切ってけ。城《き》戸《ど》も、それに島崎《しまざき》も」

「はーい」

レン先生の監視《かんし》のもと、オレたちは順々に爪《つめ》切《き》りをまわした。そのあいだ、オレは腕《うで》の痛《いた》みをかくして、つきそってくれたショータたちを笑わせた。

午後の授業はまた爆睡《ばくすい》。そのあと、朝と同じようにみんなに全力でバイバイを言う。そんなオレのわきを、坂名井《さかない》マコトが耳にスマホを押《お》しあてて通りすぎていく。友だちがいないと思われたくなくて、見えすいた演技をする坂名井《さかない》の姿《すがた》に、オレの心はひどく痛《いた》む。だからヤツの肩《かた》をポンッとたたいて「また明日なっ」とほほえみかける。

ところが、あいつはまたしてもスルー。まっ、いいけどね。

こんな調子だから、家に帰るなりベッドに倒《たお》れこむ。

夕飯時、ゾンビのごとくベッドからはい出て、無言でメシをかっくらう。妹が学校であったことを親にベラベラしゃべるのを、オレはイライラしながら聞き流す。

そのあとは勉強タイム。

学校でやってないぶんを家で巻《ま》き返《かえ》そうとするけど、そんなときにかぎってSNSが反応するんだ。すぐに返信するとヒマなヤツと思われるので、三分たったら気のきいたメッセージを送ろうと決心。でも、この三分が異様《いよう》に長い。そのあいだにほかのヤツのメッセージがどんどん流れてきて、用意していたオレのリアクションやらスタンプやらが無意味になる。取り残されちゃまずいと思って、あわててメッセージを送信すると、時間はまだ一分もたってない。

そんなこんなで勉強はいっこうに進まず、一階から母親のドスのきいた声がドアをふるわす。

「ダイチー、ガス代もったいないから早く風呂《ふろ》入んなさーい！」

熱い湯船につかってオレは思う。

「あ～、今日もリア充《じゅう》だったなあ」

明日の話題づくりのためにテレビの深夜番組を見ないと。その前にスマホをチェックしておくこと。……ああ、そうそう。今日、ショータが言ってた「スペインのアヒージョ」がなんなのか、あとで※ググッておかないと。

それにしても、アヒージョってなんだ？　サッカー選手の名前？　アヒージョ。アヒージョ。アヒー、アヒー、アヒー……。

「じょぶふぉっっっっ!!」

突然《とつぜん》、苦しくなった。湯船にしずんで、あわてて息を吸《す》いこんだもんだから、鼻と

ググる……インターネットで検索《けんさく》すること。「Google《グーグル》で検索《けんさく》する」に由来《ゆらい》。

口の中に大量の湯が流れこんできた。両手両足をばたつかせてもがきまくる。

「ぶはーっ！　イテッ！」

バスタブのふちをつかもうとして、サッカーのときにつくった腕《うで》の傷《きず》を思いっきり壁《かべ》にぶつけた。

「ヤベえ、マジでおぼれ死ぬかと思った」

風呂《ふろ》から上がって洗面所《せんめんじょ》の鏡を手でこすった。気の毒なほど疲《つか》れきったオレの顔。

湯気《ゆげ》が「早く行った行った」というふうに鏡にまとわりついて、オレの姿《すがた》をかくす。

「やることやって、明日のためにチャージすっか！」

リア充《じゅう》はいろいろと大変だ。でも、だからこそそのリア充《じゅう》なんだ。

オレはタオルを腰《こし》に巻《ま》いて洗面所《せんめんじょ》を出た。

2 そんなの聞いてない

次の朝、オレはいつものように登校中、会う人みんなにハイテンションのあいさつ攻勢《こうせい》をかけた。レン先生にも大声で、「おはよーございまーす！」。

「おお、岡野《おかの》。今日も朝から元気だな。夜更《よふ》かしは？」

「ノー！」

「朝食は？」

「イエースッ！」

「じゃあ、今日も一日、ケガをしないように」

「ラジャー！」

オレはレン先生に敬礼《けいれい》すると、校舎に向かってダッシュした。

教室に入ると、テルヤとザキシマがショータの席をかこんでいた。自分の席にスクールバッグを置きにいったオレの耳に三人の会話が入ってくる。

「例の件なんだけど、ニコタマテックに行くんなら、お台場スーパーハイランドのほうがよくね？」

「それより東京タイムランドは？」

「お～いいね。じゃあ、タイムランドに変更《へんこう》な？」

「オーケー」

（例の件って、なんだよ？）

三人は遊園地に行く話をしていた。

（オレ、そんなの聞いてないし）

襟《えり》から氷をつっこまれたみたいに背中《せなか》がひんやりした。いつもの調子で「なにそれ、なにそれ!?　聞いてないんすけど！」って、つっこんでいきたいところだが、ショックがでかくて声も出ない。

それでも、オレは気合いを入れて三人に近づいた。

「ねえねえねえ！　遊園地って、いつ行くんだっけ？」

「…………」

三人は一瞬《いっしゅん》おどろいたようすで押《お》し黙《だま》ると、気まずそうにおたがいの顔を見た。

少し遅《おく》れてショータが口を開いた。

「あっ、ああ、再来週の日曜だよ。先の話だから、どうなるかわかんないけど。なっ？」

「うん」と、うなずくテルヤとザキシマ。

（超《ちょう》ビミョー。墓穴《ぼけつ》、掘《ほ》っちまった）

さそわれていたようなふりして会話にわりこんだら、逆にさそわれてなかったことがはっきりした。オレはあわてて話題をかえた。

「そういえば、昨日の『ロケットマッシュ』見た？」

「ああ、見た見た！　三輪車で琵琶湖《びわこ》一周だろ。メッチャ笑えたよな」

「オレはなにげに〈ウザガタ警部《けいぶ》〉のコーナーが好き」

「オレも。根掘《ねほ》り葉掘《はほ》り聞きだして、最後にスリーサイズこたえないと、毒矢をピューピュー吹《ふ》くんだよな」

「そうそうそう！」

乾《かわ》いたみんなの笑い声が朝の教室にひびき渡《わた》った。


（なんで、さそわれなかったんだろう）

授業中、オレの心はザワザワしていた。

（いつ、遊園地行きの話が決まったんだ？）

ショータたちとはいつも一緒《いっしょ》なのに。どこかで聞きもらしたのかな。

（オレをはずして三人でＳＮＳやってるとか？）

まさかそんなはずは……とは思ったものの、うたがいだしたら止まらない。

次の体育の時間、走《はし》り幅跳《はばと》びの順番を待っているショータに「遊園地のことだけど、あれって、いつ決まったの?」とさりげなく聞いてみた。

「う~ん、いつだったかなあ。先週、みんなで帰ったときじゃなかった?」

「そんな話、出なかった」

「そうだっけ。じゃあ、いつかなぁ」

テルヤとザキシマにもたずねてみたが、答えは返ってこなかった。


次の日、トイレから教室にもどってきたら、ショータたちがこんなことをしゃべっていた。

「えっ、ザキシマも?」

「うん。『いつ遊園地行くの決めたんだよ?』って、さんざん聞かれてさあ。かなりウザかった」

「オレも。あいつって、たまにしつこくからんでくるときがあるよな」

「あるあるある！」

「あいつこそ、ウザガタ警部《けいぶ》だよ」

「それ、マジ言えてる！」

「アハハハハハ」

全身からだらだら流れるイヤな汗《あせ》。

さすがのオレも、ヤツらの会話にわりこむ気になれなかった。

3 このオレがぼっち⁉

遊園地の一件以来、オレはショータたちと一緒《いっしょ》にいると、なんだか落ち着かなくなった。

「また何か、まずいことをやらかすかも？」という不安につきまとわれて、ショータたちを前にすると、やたら力《りき》んでうまくしゃべれない。この前なんか、つまらないギャグを連発して、みんなをイラつかせてしまった。

休み時間になると、オレは成績が下がったことを言《い》い訳《わけ》にして、席で教科書を熱心に読んでいるふりをした。昼休みは昼休みで、委員会の集まりだの、胃の調子が悪いだのと言ってタイミングをずらして、みんなが食べ終わる頃合《ころあ》いを見計らってから食堂に行った。

この前は、一緒《いっしょ》にメシを食うヤツをさがしてテーブルのあいだをウロウロしていたら、同じクラスの女子たちがオレのほうをこっそり指さして「見て見て。〈きょろぼっち〉だよ」と笑った。

オレはあせって友だちをさがした。だが、視界《しかい》に入ってきたのは、一人でラーメンをすすっている坂名井《さかない》マコトだけ。〈きょろぼっち〉と言われた直後に、本物の〈ぼっち〉と同席するなんてシャレにならない。

そんなこんなで、オレのテンションは急降下《きゅうこうか》。朝と帰りのあいさつもだんだんテキトーになって、エネルギー節約のため、坂名井《さかない》に声をかけるのもやめた。

「ハァ～。いったい、オレのどこがいけなかったんだろう」

すみきった空の下、オレは校舎の裏手《うらて》の空き地で、冷えたおにぎりを一人で食いながらつぶやいた。

「う～さみぃ。米つぶ、かてぇ」

中学時代、目立たない存在《そんざい》だったオレ。高校に行ったら〈本当のオレ〉になろうと心に決めて、テンション高く生きてきた。その結果、クラスでいちばん目立つグループに仲間入りできたわけだが、現実はこのザマだ。

（本当の友だち、オレにはいないのかな……）

心の声に、オレははげしく頭を振《ふ》って否定《ひてい》した。

おいおい、そんなことないだろ。だってショータたちがいるじゃないか。今はオレのテンションがおかしくてギクシャクしてるけど、そのうち元にもどるから大丈夫《だいじょうぶ》！

そうだ、今からショータたちのところに行こう。反則ＯＫのバスケに参加して思いっきり体を動かしたら、テンションが上がるかもしれない。

「よしっ」

勢いよく立ち上がろうとした瞬間《しゅんかん》、胃がキュッとなった。

「イテッ」

痛《いた》みがおさまるまでひざを抱《かか》えてじっとしていたら、だれかがオレの名前を呼《よ》んだ。

「あれ、岡野《おかの》じゃないか。どうしたんだ」

振《ふ》り向《む》くと、保健のレン先生が立っていた。

「先生こそ、なんでこんなところに？」

「そこの手洗《てあら》い場《ば》の石けんがなくなってたから、補充《ほじゅう》しにきたんだ。……どこか具合が悪いのか」

「や、たいしたことないっす」

オレはニヘッと笑ったが、レン先生はメガネのブリッジを指先で持ち上げて、オレの顔を至近距離《しきんきょり》でのぞきこんだ。

「う～ん、アウトだな。さぁ、保健室に行くぞ」

「え～、マジっすか!?」

「あたりまえだろ。そんな青白い顔した生徒を、こんな寒いところに放置しておくわけにいかないだろ」

レン先生はオレの腕《うで》をつかむと、有無を言わさぬ態度で歩き始めた。

4 はじめてのハーブティー

保健室に来たのは、腕《うで》をケガしたとき以来だ。

オレの胃は相変わらずシクシクしていたが、森のにおいがするベッドで横になっていたら、少しずつ痛《いた》みがやわらいで、気づいたら自分のいびきの爆音《ばくおん》で目覚めていた。

「どう、調子は?」

レン先生がイスにすわってオレを見ていた。

「ずっとそこにいたんすか」

「いや、そろそろ起きるころかなと思って。ジャストタイムだな」

「オレ、そんなに寝《ね》てました?」

「ああ。あと八分で六時間目が終わるぞ」

「ええっ!?」

オレは上体を起こして、つぶれた上履《うわば》きに足をつっこんだ。

「具合はどうなんだ?」

「もうバッチリっす」

「それはよかった。心のほうはどう?」

「……は?」

「最近の岡野《おかの》、元気ないみたいだけど、何かあったのか?」

「やっ、なんにもないっす」

「前は元気にあいさつしてたのに、今じゃ蚊《か》の鳴くような声しか出さないし」

「寒いからっすよ」

「それに城戸《きど》ショータたちとバスケやってないみたいだし」

「た、たまたまっすよ。オレ、なにげにいそがしいんで」

レン先生は「そうか」とつぶやくと、ベッドから離《はな》れてカーテンの向こうに消えていった。物音がしたあと、再びカーテンが開いた。マグカップを持っている。

「これ、ミントティー。胃の不快感がおさまるぞ」

「おぉ～、あざっす！」

オレはマグカップに顔を近づけた。ミントガムみたいなスゥーッとしたかおりがする。レン先生は生徒の症状《しょうじょう》に合わせたハーブティーを入れてくれると、ウワサには聞いていたが、これがそうか。

息をフーフーふきかけながらミントティーをすすった。うまい。確かに胃がすっきりする。レン先生はイスに腰《こし》かけて腕《うで》を組んだ。

「じつはさ、岡野《おかの》に話したいと思ってたんだけど……。怒《おこ》らないで聞いてくれるかな」

「はぁ」

「昼休みにキミたちがバスケやってるのをながめていたとき、『岡野《おかの》は本当に楽しくてやってるのかな？』って思ったんだ。なんというか、がむしゃらにがんばって体にキズをつくるかわりに、心にキズがつかないようにしている気がした」

「先生の言ってること、ぜんぜん意味わかんないっす」

「要するに、岡野《おかの》は一人でいたくないから、無理やり自分を友だちに合わせている感じがしたんだよ」

レン先生の言葉が、オレの心をズブッとさした。オレはカッとなって言い返した。

「そんなことないっすよ！　オレはサッカーもバスケも好きだからやってるんす！　それにショータたちはオレの大事な友だちだし、ショータたちもオレのことを……」

そこまで言ってオレは黙《だま》った。

ショータたちはオレのことを大事に思っちゃいない。遊園地の一件でわかった。それに、オレが必死になってグループからこぼれないようにあれこれ気づかっているのに対して、ショータたちは余裕《よゆう》しゃくしゃくだ。オレのがんばりなんて、向こうにとっては消しゴムのけずりカスみたいなもんだ。

そこまでわかってて、なんでオレはショータたちとつるみたいと思うんだ？　なんで必死なんだ？　今さらほかのグループに移る勇気も、入れてもらえる自信もないから？　ここでふんばらないと、ぼっちになるから？

「失礼しますっ！」

「あっ、岡野《おかの》、ちょ……」

「もう二度と来ませんから！」

オレはマグカップを先生の手に押《お》しつけると、保健室のドアをバーンッと開けて、ダーンッと閉《し》めた。

むしゃくしゃした気分で三階まで階段《かいだん》をかけ上がった。すでに帰りのホームルームが終わったらしい。混みあう廊下《ろうか》をみんなの流れにさからって進んでいたら、坂名井《さかない》マコトがこちらに近づいてきた。いつものように耳にスマホを押《お》しあてて、〝ボクにはお友だちがいます。だからぼっちじゃありません〟ふうな演技をしている。

その姿《すがた》になぜかほっとするオレ。ところが、坂名井《さかない》が通りすぎたその瞬間《しゅんかん》、オレはこおりついた。

（マジかよ？）

何かの拍子《ひょうし》でスピーカーがON《オン》になったのか、坂名井《さかない》のスマホから女の声が聞こえてきた。「今日、来られる？」と電話の相手は確かに言った……。

オレは坂名井《さかない》の後《うし》ろ姿《すがた》を見つめて思った。

（うちのクラスのぼっちは、このオレだったんだ）

5 保健室のヒミツ

オレはぼっち。正確にはまだぼっちじゃないかもしれないが、一寸先《いっすんさき》はぼっち――。

〈ぼっち〉という言葉を思いうかべるだけで胸《むね》が痛《いた》む。実際、胸《むね》だか胃だか知らないが、マジで痛《いた》くなって、オレは昼休みに保健室に向かった。すると、オレを待っていたかのように、レン先生がドアの前で腕《うで》を組んで立っていた。

「先生、腹《はら》が痛《いた》いんすけど」

「そうくると思って準備しておいたんだ」

「……?」

レン先生はドアノブを引いて、オレを中へまねき入れた。やさしい白衣のレン先生。

昨日、「もう二度と来ませんから!」とタンカを切って飛びだしたことを心の中であやまりながら保健室に入ると、先生はベッドの横のカーテンを開けた。

「な、なんすか、これはっ!?」

別のベッドがあるはずのそこには、パソコンがあった。それもでっかいやつで、机《つくえ》の両わきには、ぶあついファイルやらハードディスクやら通信機器やら、いろんなものが置かれている。機械のランプがチカチカ光っているようすは、なんつーか、ドラマに出てくる敵のアジトみたいだった。

先生が両手を広げて、おごそかな声で言った。

「ここは緊急《きんきゅう》レスキュールームだ。肥枇杷《ひびわ》高校の卒業生たちのデータが保管してある」

「はあ!?」

「初代養護教諭《きょうゆ》が残したあの格言を読んでみろ」

壁《かべ》にかかった筆文字の文章を、オレは読み上げた。

「人は人によって癒《い》やされる。肥枇杷《ひびわ》に集いし仲間たちよ、いざ若人《わこうど》を助けん」

「つまり、ここのデータベースは、卒業生みんなで在校生の心の健康を守るためにつくられたんだ。あっ、昔はもちろんパソコンなんてないから、養護教諭《きょうゆ》から養護教諭《きょうゆ》へと書面で情報が伝えられた。それらをオレが全部データ化したんだ」

レン先生はそう言って、キーボードをカチャカチャ打ち始めた。

「はぁ……」

よくわからないが、とにかくこの学校の保健の先生は、ケガの応急処置《しょち》や保健だよりをつくるだけが仕事じゃないらしい。

「まあそんなわけで、今日は岡野《おかの》に彼女《かのじょ》を紹介《しょうかい》したいと思う」

「カノジョォ!?」

薬でもベッドでもなく、カノジョを紹介《しょうかい》とはダイタンな！　「人は人によって癒《い》やされる」って、そういうことだったのか！

オレは前髪《まえがみ》をかき上げて、フッと息をはいた。

「先生、お気持ちはありがたいっすけど、オレにも好みが……」

「岡野《おかの》、かんちがいしないように」

先生はモニターに指先を向けた。そこには、うちの高校の制服を着た女子生徒が映《うつ》っていた。前髪《まえがみ》のすき間から大きな目を光らせて、暗いオーラをムンムンただよわせている。

「この子は久我《くが》ひそか。三年前に卒業して今、大学に通っている。高校時代、友だちがなかなかできなくて悩《なや》んでいたんだ」

「……で？　この人がオレと、どう関係あるんすか？」

「今日、授業が終わったら、この子に会ってみろ。きっと胃の痛《いた》みがおさまるから」

6　ＩＬＫ《アイエルケイ》研究会

その日、オレはレン先生の指示に従《したが》って、ももんヶ丘《おか》公園というところに行った。ベンチにすわってスマホでゲームをしてたら、「こんにちは」と女の人の声がした。顔を上げると、目の前に久我《くが》ひそかさんがいた。写真よりも美人に見えるのは、化粧《けしょう》をしているせいだろうか。ショートカットだった髪《かみ》は胸《むね》までの長さになり、赤いカチューシャで前髪《まえがみ》を上げて、おでこを全開にしている。

「はじめまして。常北《じょうほく》大学三年、ＩＬＫ研究会会長の久我《くが》ひそかです」

「ＩＬＫ研究会？」

「はい。Ｉ《アイ》 Ｌｏｖｅ《ラブ》 孤独《こどく》。略してＩＬＫ研究会です。みんなが待っているから行きましょう」

歩きながら久我《くが》さんが話してくれたところによると、ＩＬＫ研究会というのは、ぼっち同士が集まって、ぼっちをきわめることを目的にしたサークルで、久我《くが》さんが大学一年生のときに立ち上げたそうだ。

つまり、ぼっちの、ぼっちによる、ぼっちのためのサークル。

そんな負け犬の集まりみたいなサークルに参加するのは大いに不満だったが、今さら逃《に》げるわけにもいかない。久我《くが》さんにくっついてボート乗り場まで行くと、地味《じみ》な感じの二人の男女が待っていた。

「はじめまして、筒井《つつい》です」

「三田村《みたむら》です」

「ど、どうも。岡野《おかの》です」

あいさつをすますと、久我《くが》さんが「さあ、始めましょう」と言って、チケット売り場に向かった。久我《くが》さんの後ろに筒井《つつい》さん、三田村《みたむら》さん、そしてオレと続いた。

「すみません、ボート一台、お願いします」

アクリルガラスの向こうで、おばさんが「何人ですか」とたずねると、久我《くが》さんは
オレたちが背後《はいご》にひかえているにもかかわらず「一人です」とこたえた。

「じゃあ、七百円ねー」

久我《くが》さんは桟橋《さんばし》の先端《せんたん》で待機しているおじさんのところへ向かった。続いて筒井《つつい》さんと三田村《みたむら》さんも、それぞれボート一台分の料金を払《はら》って桟橋《さんばし》へと進んだ。

「七百円かぁ」

(二人で乗れば三百五十円なのに)

そう思って、はたと気づいた。

「そっか！　ぼっちだから、一人で乗るのか！」

大学生はどうか知らないが、高校生のオレにとっちゃ、七百円はそれなりに大金だ。

しかも、たった三十分で七百円！　オレはしぶしぶ千円札をおばさんに渡《わた》しておつり

をもらうと、栈橋《さんばし》に向かった。

冬の日の暮《く》れかけたひょうたん池に、ピンク、白、水色、黄色のでかい白鳥が四羽。黄色いスワンボートに乗ったオレはペダルをこぎながら、この状況《じょうきょう》をどう理解したらいいのか考えた。

「う～さみぃ」

冷たい水しぶきが足にかかった。おまけに枯《か》れ木《き》のあいだを吹《ふ》き抜《ぬ》けてきた風が、オレの体にガンガンぶつかってくる。スマホを見たら、まだ五分もたってない。

「まったくよぉぉぉぉぉぉ！」

オレは腹《はら》に力をこめてペダルをこいだ。こいでこいでこぎまくって、池の縁《ふち》ぎりぎりに沿《そ》って進んだ。二周と三分の一をまわったところで、オレの脳《のう》ミソが、いくら「こげ！」と指令を送っても、足はピクリとも動かなくなった。

「あっつぅ〜」

全身が焼けるように熱い。ブレザーをぬいでネクタイをゆるめ、背《せ》もたれにほおをつけて脱力《だつりょく》していたら、久我《くが》さんが乗ったピンクのスワンボートがオレの横をゆっくりと通りすぎていった。

「うわ〜。あの人、こぎながら本読んでるよ！」

まわりを見たら、白いスワンボートの筒井《つつい》さんが、耳にイヤホンをつっこんで目をつぶっていた。水色のスワンボートの三田村《みたむら》さんは、水上でマフラーを編《あ》んでいる。

オレはふと、以前、友だちとスワンボートに乗ったときのことを思い出した。あのときは友だちにハンドルを奪《うば》われ、ペダルをこぐペースをがまんして相手に合わせた。

でも、一人だったら、自分のペースでペダルをこいで、どこへでも進める。

（一人って案外、気楽でいいかも）

ボートを下りたあと、オレたちは公園の近くのファミレスに行った。

ＩＬＫ研究会の活動には単独行動とグループ行動があって、グループ行動のときはみんなでぼっちについて話しあう、と久我《くが》さんが言った。

その〈ぼっちミーティング〉だが、結論《けつろん》から言うと、すげえ白熱した。

「なぜわたしたちは、ぼっちなのか？」というテーマに始まって、「ぼっちの定義とは？」「ぼっちはどうあるべきなのか」など、三人の大学生はさっきまでと打ってかわっておしゃべりになった。

「仲間に気をつかうくらいなら、ボクはぼっちを選ぶ」

筒井《つつい》さんがそう言ったとき、オレは思わず「そうっすよね！　そうできたらいいけど、なかなかできないのが現実で……」とこたえた。

「そりゃそうだよ、大地《だいち》君。ボクも高校時代は、頭ではわかっていても、行動できなかった」

筒井《つつい》さんがそう言うと、三田村《みたむら》さんも同意した。

「そうそう。今はできなくても、勇気を持って少しずつぼっちに慣れていけば、気持ちが軽くなるよ」

「そっかぁ。うん、そうっすよね！」

みんなの熱い議論《ぎろん》とはげましのおかげで体がポカポカしてきた。店内にただようハンバーグの焼けるにおいに胃がキュッとなる。

「オレ、飯《メシ》たのみまーす！」

痛《いた》み以外で腹《はら》が反応するのはひさしぶりだった。

7 一人ぼっちの遊園地

久我《くが》さんからメールが来たのは、土曜日の夜だった。

「明日、ＩＬＫ研究会で東京タイムランドに行きます。よかったら参加しませんか」

《参加します！》とメールを送ったあとで、オレは青ざめた。

東京タイムランドといえば、ショータたちが行くと言っていた遊園地だ。久我《くが》さんたちに会えるのは楽しみだったが、ぼっちをきわめるのを目的にしたＩＬＫ研究会のこと、きっと一人で園内を歩きまわるのだろう。そんなところをショータたちに目撃《もくげき》されるのは、死んでもイヤだ。

次の日の朝、遊園地のエントランスにＩＬＫ研究会のメンバーが集まった。久我《くが》さんをはじめ、筒井《つつい》さんと三田村《みたむら》さんのほかにも二人いた。さらにもう一人、遅《おく》れて来るらしい。

「十八時に、ここに集合しましょう。じゃあ、また」

久我《くが》さんがそう言うと、メンバーは四方八方に散っていった。オレはショータたちに気づかれないように万全の準備をしてきた。マスクにサングラス、目深《まぶか》にかぶったニット帽《ぼう》という不審者風《ふしんしゃふう》のかっこう。これならバレまいと、オレは余裕《よゆう》ぶっこいてガムをかみながら歩きまわった。

日曜日の遊園地は、この冬一番の寒さだというのに人でいっぱいだった。カップルやグループで来ている人たちを見ると、心にからっ風が吹《ふ》き抜《ぬ》ける。この前のミーティングのとき、「ぼっちは楽しいときもあれば、修行のように感じるときもある」ってだれかが言ってたけど、まさにそのとおりだ。こうしてぷらぷらしててもしょうがないし、金ももったいないので、オレはティーカップの列にならんだ。

「んっ?」

不意に聞き覚えのある声がした。顔を上げると、オレの前の家族づれのさらにその先に、ショータとテルヤとザキシマの姿《すがた》があった。

「！！！！」

口から心臓《しんぞう》が出そうになった。

（落ち着け、オレ。変装《へんそう》してるから、大丈夫《だいじょうぶ》だ！）

自分で自分をはげましてみたものの、列がどんどん前に進んでいくにつれて、落ち着いてなんかいられなくなった。

（もうたえられん！）

フェンスを乗《の》り越《こ》えて離脱《りだつ》しようとしたら、なぜか首をしめられたみたいに息苦しくなった。

「ウグゥ～ッ！　くっ、久我《くが》さん⁉」

視線《しせん》を後ろにやると、久我《くが》さんがクールな表情でオレのダウンのフードをつかんでいた。

「どこに行くの？」

「いや、あの、学校の友だちが前にいて……」

「はずかしいの？」

あたりまえだろっ！　って言いたかったが、オレは黙《だま》って目をふせた。

「相手は何人で来てる？」

「三人です」

「やったね」

「なんすか、『やったね』って？　オレのこと、バカにしてんすか？」

「友だちに気をつかって楽しんでるふりをするのと、一人でも楽しいって思えることがどれだけちがうか、味わえるチャンスだよ」

「………」

列がどんどん短くなっていく。ショータたちと一緒《いっしょ》の乗車になってくれるなという願いもむなしく、係員は無情にもオレをゲートの向こうへまねき入れた。久我《くが》さんも一緒《いっしょ》の乗車だったが、オレのブルーのティーカップにはもちろん乗ってくれず、ゴールドのティーカップに一人で乗りこんだ。

ブー。

スタートのブザーが鳴った。軽快な音楽が流れる中、床面《ゆかめん》がまわり始めた。

「ヒュー！　ヒュー！」

ショータたちが乗ったティーカップが、オレのティーカップに迫《せま》ってきた。オレはあわてて真ん中のハンドルをグイッとまわして、ショータたちに背《せ》を向けた。

「ヒュー！　ヒュー！」

またショータたちが迫《せま》ってきた。オレはまたハンドルをまわして背《せ》を向けた。そんなオレを向こうのティーカップの久我《くが》さんが見つめている。……と思ったら、久我《くが》さんは急にハンドルをつかんでガンガンまわし始めた。回転するティーカップ。乱《みだ》れる長い髪《かみ》。高速すぎて顔が見えない。

「そうか。ああすりゃバレないぞ！」

オレもハンドルをまわした。とたんに腰《こし》からぐいっと上体がよろけたが、そのままの体勢でハンドルを高速回転させた。遠心力によって背中《せなか》がカップにぴたりとすいつき、まるで洗濯機《せんたくき》の脱水《だっすい》状態。全身の水分をしぼられる感覚に身も心もまかせていたら、遠くでブザーの音がした。

ほどなくして音楽が止まった。ティーカップはさっきまでのあばれくるったような回転がうそのように静止する。

オレはフラフラになりながら立ち上がって柱の陰《かげ》にかくれた。そこからショータたちが楽しげに柵《さく》の外に出ていくようすを見届《みとど》ける。

「大地《だいち》君、今日は試練の日だね」

久我《くが》さんが乱《みだ》れた髪《かみ》を直しながら言った。

「つーか、拷問《ごうもん》っすよ」

「まあそう言わずにがんばって乗《の》り越《こ》えて。じゃあね」

久我《くが》さんはオレの背中《せなか》をポンッとたたいて、どこかに向かっていった。


ショータたちとのニアミス後、オレはヤツらの影《かげ》を気にしながらアトラクションに乗った。

一人観覧車《かんらんしゃ》。一人お化《ば》け屋敷《やしき》。一人回転ブランコ。一人ゴーカート……。

一人ランチのあとで腹《はら》ごなしにぷらぷらしていたら、オレの前に木製の迷路があらわれた。看板《かんばん》には「禁断の地獄《じごく》迷路」。不気味なネーミングだが、看板《かんばん》にそえられた赤鬼《あかおに》の絵がやけに古風で、クソアトラクションのにおいがプンプンする。待たされないですむし、ここならショータたちはスルーするだろうと思って、無人のゲートをくぐった。

ベニヤ板にはさまれたせまい通路。つきあたりを曲がると、壁《かべ》に一《ひと》つ目《め》小僧《こぞう》やろくろっ首の絵があらわれた。でも、ぜんぜん怖《こわ》くない。こんなところ早く出ちまおうとズンズン進んでいったら、いきなり視界《しかい》が開けた。小さな円形の広場からのびる六本の道。どっちに進もうかなと思っていたら、そのうちの一本から坂名井《さかない》マコトがひょっこりあらわれた。

「さ、坂名井《さかない》っ！」

オレは変装《へんそう》していることを忘《わす》れて、声をはりあげた。

坂名井《さかない》はこっちをじろじろ見た。オレに気づくと、ヤモリみたいにてのひらを広げて両手をあげた。

8 オレ革命《かくめい》！

（なんで、こんなところに坂名井《さかない》が!?）

遊園地のシケたアトラクション「禁断の地獄《じごく》迷路」で、オレはぼっちのクラスメート、坂名井《さかない》マコトに遭遇《そうぐう》した。

「お、おう」

オレはロボットみたいにぎこちなく右手を上げた。坂名井《さかない》はいつものごとくノーリアクションだ。

（遊園地に一人で来るなんて気の毒なヤツだな）

自分のことを棚《たな》に上げてそう思ったら、二時の方向から久我《くが》さんがあらわれた。

「あれ、マコト君じゃない。いつ着いたの？」

「ああ、久我《くが》さん。二時間くらい前には着いてましたよ」

「なんだ、そうだったのね」

親しげに話す二人を、オレは口をぽかんと開けて見つめた。

「久我《くが》さん。い、い、いったいどういうことなんすか!?」

「じつはマコト君もＩＬＫ研究会の会員なの」

「じゃあ、遅《おく》れてくるって言ってたヤツは……」

「そう、マコト君のこと。ねっ？」

坂名井《さかない》はコクンとうなずくと、十一時の方向に去っていった。

オレは久我《くが》さんに食ってかかった。

「坂名井《さかない》がメンバーだって、なんで先に教えてくれなかったんすか！」

久我《くが》さんはすずしい顔をしてこたえた。

「だって、マコト君もメンバーだって知っていたら、参加しなかったでしょ」

「そりゃ、そうっすよ！」

「もちろん、マコト君にもあらかじめ確認《かくにん》しておいたよ。でも、彼《かれ》は大地《だいち》君が参加すると知ってても動じなかったわ」

「…………」

オレはむしゃくしゃした気分をふきとばすためにジェットコースターに乗ることにした。その前に温かいものでも飲もうと思って、乗り場近くのスタンドでホットココアを注文した。ベンチにすわって両手を温めながら空をぼんやりながめていたら、疾《しっ》走《そう》するジェットコースターから「きゃあぁぁぁぁぁぁぁあ！」と絶叫《ぜっきょう》が聞こえてきた。

（あれ？　今、坂名井《さかない》が乗ってたような……）

オレははねるように立ち上がると、レールをたどってジェットコースターが見える位置に向かった。

(うん、やっぱりあいつだ)

坂名井《さかない》はジェットコースターのいちばん前に乗って、学校じゃ見せたことのない笑顔をうかべてバンザイしていた。しかも後部座席《ざせき》にはショータたちが乗っている！

オレは反射的《はんしゃてき》にニット帽《ぼう》を目深《まぶか》にかぶりなおした。ホットココアをグイッと飲みほし、マスクを装着《そうちゃく》しながらジェットコースターの出口のほうに行った。みやげもの屋の陰《かげ》で待機して出口のようすをうかがっていたら、坂名井《さかない》が出てきた。続いてショータたちも。

ショータたちははずむように歩きながら、坂名井《さかない》を取りかこんだ。

「あっれぇ？　どっかで見たことのあるヤツだと思ったら、坂名井《さかない》じゃん！」

「だれと来てんの？」

「もしかして一人？」

「おいおい、遊園地でぼっちかよ～」

ショータたちが手をたたいて笑った。坂名井《さかない》はショータたちをじっと見つめると、表情ひとつかえずに言った。

「そうだけど、何か?」

「………」

坂名井《さかない》の堂々とした態度に、ショータたちは不意をつかれたように押《お》し黙《だま》った。返す言葉につまったあげく、「一人で来て楽しいの?」とか、「なんなら、オレらも一緒《いっしょ》にいてやろうか?」とか言いながら、坂名井《さかない》の行く手をふさいでいる。

(なんてヤツらだ)

ショータたちへの怒《いか》りは、ブーメランのように自分自身に帰ってきた。

(そんなヤツらをみやげもの屋の陰《かげ》から見ているオレって? ゲンコツつくって悪態をついてるオレこそ、なんなんだよ?)

「フガッ!」

オレは鼻の穴《あな》から思いっきり息をはきだすと、ショータたちに向かってズンズン歩きだした。マスクをはずし、サングラスをはずし、ニット帽《ぼう》をはずし、そして……。

「チーッス！」

「うんっ？　わっ、大地《だいち》！」

ショータがオレに気づいて声をあげた。

「まさか、おまえも一人じゃ……」

「イエスッ！　チョモ乱魔《らんま》の乗り場って、あっちだよな？」

「あっ、ああ」

「サンキュッ」

オレはジェットコースターの入口に向かって走った。階段《かいだん》の手前で振《ふ》り返《かえ》ったら、ショータたちが唖然《あぜん》としたようすでこっちを見つめていた。

日の暮《く》れかかった園内――。

最高時速百四十キロ、垂直落下《すいちょく》二連チャンのジェットコースター、チョモ乱魔《らんま》の車両が、レールの上をカタカタ音を立てながら上っていく。横にはぽっかりあいた座席《ざせき》。

(これからの三分十七秒を、一人でたえなきゃいけないんだ)

オレは孤独《こどく》を抱《だ》きしめるように安全バーにしがみついた。

「きゃあぁぁぁぁぁぁぁぁぁぁぁぁぁぁあ!」

最初の垂直《すいちょく》落下。背後《はいご》からあがる絶叫《ぜっきょう》。内臓《ないぞう》がふわっとうき上がってぐねんぐねんになる。ジェットコースターは右へカーブし、左へカーブし、一回転した勢いをたもったまま二度目の垂直《すいちょく》落下に向けて空をかけ上がった。

(なんだ、これ!? メッチャ楽しいじゃん!)

真っ赤な夕焼けをながめながら、オレは笑いが止まらなくなった。上昇《じょうしょう》するジェットコースターとともにアドレナリンが出まくって、一人でこんなことをしている自分がバカバカしいほどエラいと思った。

「きゃあぁぁぁぁぁぁぁぁぁぁあ！」

絶叫《ぜっきょう》をバックコーラスにして、ゲラゲラ笑いながら奈落《ならく》の底に落ちていく。垂直落《すいちょく》下から再び一回転した瞬間《しゅんかん》、オレの心もグルッと反転した。

（そうか！　ぼっちをきわめると、ひるがえってリア充《じゅう》になるんだ！）

オレはこぶしをつき上げて風を切りさいた。

「ぼっち、最高ぉぉぉぉぉお！」

下界にいた久我《くが》さんが「イエェェエ！」と両手を振《ふ》ってくれた。

「ぼっち、最高ぉぉぉぉぉお！」

「イエェエエ！」

筒井《つつい》さんがこぶしをつき上げて、オレにこたえてくれた。

「ぼっち、最高ぉぉぉぉぉお！」

「イエエエエ！」

三田村《みたむら》さんをはじめ、今日出会ったメンバーが手を振《ふ》ってくれた。

一人ぼっちの三分十七秒は、あっという間に終わった。降車《こうしゃ》して出口に向かうと、坂名井《さかない》マコトが待っていた。

「もうすぐ集合の時間だよ」

「あ、うん」

オレたちは二人ぶんくらいのすき間をあけて歩きだした。

「食う？」

腕《うで》をのばしてレモンガムを差し出すと、坂名井《さかない》は首を横に振《ふ》った。

「ボクはこれが好きだから」

そう言ってポケットから出したブルーベリーガムを口にほうる。

オレはヤツの態度にぷっとふきだして、紺色《こんいろ》の夜空をながめた。

9 革命《かくめい》のその後

とがった冬の日差しがあたる保健室のテーブルに、葉っぱのういたマグカップ。湯《ゆ》気《げ》とともに柑橘系《かんきつけい》のかおりがただよってくる。

「先生、これは？」

「レモングラスだよ。ペパーミントと一緒《いっしょ》で、胃腸をスッキリさせる効果がある」

「へえ」

オレはレモングラスのハーブティーをすすりながら、レン先生にＩＬＫ研究会の活動について報告した。

「最近、ＳＮＳでぼっちを広めようってことになったんです。その活動の一環《いっかん》で、あさって、のどぼっち自慢《じまん》大会をやるんです」

「のどぼっち自慢《じまん》大会？」

「ぼっちをテーマにした替《か》え歌《うた》コンクールです。たとえばこんな感じ……」

オレは年末になるとよく耳にするベートーヴェンの『交響曲《こうきょうきょく》第九番～歓喜《かんき》の歌～』のメロディに乗せて、適当につくった歌詞《かし》を口ずさんだ。

♪今日の昼間も　おひとりランチ
校舎の裏手《うらて》で　おにぎりかじる
米つぶ飛ばしても　ハトもシカトする
あ～目に染《し》みいる　水色の空

歌い終わると、レン先生が目尻《めじり》を下げて笑った。

「ハハハ、すばらしい。今の、まんまイケるよ」

「いや、オレの実力はこんなもんじゃないんで。もっとすごいのを披露《ひろう》するんで、先生もよかったら、あとで動画見てください！」

「わかった。見逃《みのが》さないようにするよ」

レン先生が棚《たな》の上の備品を消毒しながら言った。

「充実《じゅうじつ》したぼっちライフを送っているようで安心したぞ。最近の岡野《おかの》、ヘンな力《りき》みがなくなって、いい顔してる」

「えっ、マジっすか!?」

「ああ、マジで」

「いやぁ、照れるなぁ」

確かにこのところ、オレは以前のようなエネルギーの使い方をしなくなった。

ショータたちに対しても、ほかのヤツらに対しても、無理に話題を振《ふ》ろうとせず、話したいことがあるときにだけ話すようになった。不思議なもので、追いかけているときには相手は逃《に》げたのに、そうしなくなったら相手のほうから声をかけてくれるようになった。

この経験は、友だちづきあいだけじゃなくて、近い将来《しょうらい》の恋愛《れんあい》にもいかされるんじゃないかと、オレは思っている。

「先生、今日は聞きたいことがあってここに来たんすけど……」

「なに？」

「久我《くが》さんって、カレシいるのかな」

最近、オレは久我《くが》さんが気になってしょうがない。

久我《くが》さんはふだんはクールだけど、たまにはじけるときがある。この前、オレがジェットコースターに乗っていたとき、下で「イェェェエ！」と叫《さけ》んでいたのもそうだ。クールと情熱、そのギャップがたまらない。

「なんだよ、神妙《しんみょう》な顔して。久我《くが》ひそかにホレたのか？」

レン先生がからかうように言ったので、オレはくちびるをとがらせた。

「先生、ストレートに聞きますね」

「だって顔にそう書いてあるから」

「まあ、ぶっちゃけそうっす。でも、オレと久我《くが》さんのあいだには、ぶあつい障壁《しょうへき》がふたつもあるんすよ。ひとつはオレが年下の高校生ってこと。もうひとつは久我《くが》さんがＩＬＫ研究会の会長ってこと。万が一、オレたちがつきあったりしたら、ぼっちじゃなくなるでしょ。そうすると、ぼっちをきわめることを目的にしたＩＬＫ研究会の趣旨《しゅし》からはずれることになる」

「なるほど」

「ぼっち同士だからこそ知り合えたのに、ぼっちが壁《かべ》になるとは……。ハァ～」

「まあ、恋《こい》が成就《じょうじゅ》するかは別として、あの子ならカレシがいても、ぼっちの時間を大事にすると思うよ」

「そうだといいんすけどねえ」

「ほら、そろそろ五時間目が始まるぞ」

昼下がりの校舎。

サッカーボールを抱《かか》えたショータたちが先を争うように階段《かいだん》を上がっていくのを見て、オレは口笛を吹《ふ》きながら自分のペースで上がっていく。

三階の踊《おど》り場《ば》で坂名井《さかない》に会った。オレは坂名井《さかない》の耳もとでささやいた。

「今度ののどぼっち自慢《じまん》大会、なに歌う？」

「クイーンの曲を替《か》え歌《うた》にする」

「マジで!?」

「岡野《おかの》は？」

「教えない」

「なんでもいいけど、ボクのとカブらないでくれよ」

「ああ。マジで勝ちにいくから覚悟《かくご》しろよ」

「ボクも負ける気がしない」

坂名井《さかない》はオレだけが知っている笑顔を見せて去っていった。

解説

心理学者　晴香葉子

◎仲間外《なかまはず》れと恐怖心《きょうふしん》

大地《だいち》は、ショータたちから遊園地に誘《さそ》ってもらえなかったことを知ったとき、とても大きなショックを受けました。〝仲間外《なかまはず》れにされる〟という体験は、瞬時《しゅんじ》に、わたしたちを恐怖心《きょうふしん》で包《つつ》み込《こ》んでしまいます。

わたしたち人間は、さほど身体も大きくないのに肉食で、協力することによって食物連鎖《れんさ》の頂《ちょう》点《てん》に君臨《くんりん》しています。かつて「孤立《こりつ》」は、死を招くほど大変に危険《きけん》な状態でした。

現代の文明社会では、いつでも食べ物が手に入り、襲《おそ》ってくる敵もほとんどなく、一人でいても安全に過ごすことができます。それでも、「人とつながっていたい」「孤立《こりつ》を避《さ》けたい」という欲求《よっきゅう》は本能的でとても強いので、仲間外《なかまはず》れにされた途端《とたん》、強い恐怖心《きょうふしん》に包まれるのです。胃痛《いつう》や頭痛《ずつう》などの身体の不調や、ほかのことが手につかなくなるなど、心にも大きく影響《えいきょう》をおよぼします。

◎一人でいると恥《は》ずかしいという心理

実のところ、一人で自由に行動できるというのは、清々《すがすが》しくて心地よく、愉快《ゆかい》なものですが、学校ではなかなかそのような行動にでることができません。

「友だちがいるのはいいことだ」という共通認識《にんしき》があり、たいてい何名かのグループに入っているので、一人ぼっちでいるところを誰《だれ》かに見られると、恥《は》ずかしかったり、心細い気持ちになったり……。〝ぼっちで行動すること〟よりもむしろ、〝ぼっちだと人から思われること〟が、大きな心の負担《ふたん》になってしまうのです。

◎慣れてしまえば、ぼっちは強い

一人で行動できない人たちのグループでは、お互《たが》いの顔色をうかがったり、上下関係を気にしたり、絶えず誰《だれ》かに合わせたり、誰《だれ》かを仲間外《なかまはず》れにしたり……。人間関係のトラブルが続くことも多いものです。大地《だいち》とマコトのように、一人で行動できる人同士の関係は、対等かつ無理のないものになります。

気の合う仲間がまわりにいないときは、まずは、「一人でも大丈夫《だいじょうぶ》」ということを理解して、少しずつ、一人で行動する練習をしてみましょう。次第に慣れ、恥《は》ずかしさや心細さがやわらぐと同時に、自信や誇《ほこ》らしさを感じるようになっていきます。いつでも落ち着いて、一人で堂々としていられるあなたに、まわりも一目置くようになっていきます。ぼっちは、慣れてしまえば強いのです。

許してもらえない！

鎌倉ましろ

1　やっちまった！

ジリリリリ……！

枕《まくら》もとの目覚まし時計が盛大《せいだい》に音を立て始めると、月村《つきむら》ハジメはベッドの中で寝返《ねがえ》りを打った。

「うーん……むにゃむにゃ」

だめだ。眠《ねむ》い。超眠《ちょうねむ》い。

目覚まし時計は、三か月ほど前、晴れて第一志望の高校に入学したハジメに、田舎《いなか》のばあちゃんが贈《おく》ってくれたものだ。朝に弱いハジメを気づかってくれたようだ。

その目覚まし時計のアラームがどんどんどんどん大きくなっていく。

あと少し。もう十分、いや五分だけ。

ハジメが猫《ねこ》のように体を丸くさせた直後、バンッと部屋のドアが勢いよく開いて、いきなりタオルケットをはがされた。

「なっ、なにすんだよぉ」

さすがのハジメもこれには目を覚ました。鬼《おに》のような形相《ぎょうそう》でこちらをにらみつけている姉のアカリに抗議《こうぎ》する。

「なにすんだよぉじゃないでしょっ。いったい、何時だと思ってるのよ!」

ハジメは、部屋のカーテンが朝の日差しに明るく染《そ》まっているのを確認《かくにん》してからこたえた。

「朝」

今度は、スパコーン!と、頭をたたかれた。

「いってー」

「朝じゃないでしょ。五時でしょ五時! 早朝よ!」

「……で?」

たたかれた頭をなでながら、ハジメが問い返すと、アカリの眉間《みけん》にしわがよった。

信じられないとでも言いたげにハジメを見おろしてくる。

だが、ハジメは姉が何をそんなに怒《おこ》っているのか、さっぱりわからなかった。凶暴《きょうぼう》な姉のおかげで眠気《ねむけ》は吹《ふ》きとんだけど。

今日は七月四日、月曜日。ハジメが通う都立海南高校は三学期制で、今週は期末テストがおこなわれる。

一日目の今日は、ハジメが超絶苦手《ちょうぜつにがて》とする化学基礎《きそ》からスタートする。化学の担当《たんとう》は定年間近の、まるでタヌキの置物みたいに物静かな先生だから、授業中はしゃべり放題の遊び放題、パラダイスのような時間をすごしてしまった。同じ班《はん》のやつとはすっかり打ち解けたし、クラスのムードメーカーとしてのゆるぎないポジションも確立できたけど、今回のテストではそのツケを払《はら》わなければならない。

それはわかっていたのに、週末はだらだらと※オンゲをやってすごしてしまった。

さすがに、今朝は早起きして勉強するつもりでいたのだが……。

ダメだ、また、まぶたが超重《ちょうおも》くなってきた！

「あー、うぜぇー。なんでこの世に化学なんてあるんだ！」

ハジメが大きな声でぼやいたとき、今度は、姉とは反対側の部屋で寝《ね》ていた母親が
ハジメの部屋にやってきた。

「ちょっとぉ、朝っぱらからなんなのぉ？　いいかげん、そのアラームを止めてちょうだいよ。うるさくて起きちゃったじゃないの」

「あー、悪い悪い」

そこでようやく目覚ましのアラームを止めたハジメを、相変わらず姉のアカリがじっと見おろしている。

なんとなく落ち着かない気持ちになったハジメが「なんだよ？」と聞くと、

※オンゲ……インターネットを利用してプレイする「オンラインゲーム」の略。

「べつに。ただ、無神経な弟を持ったわたしって、世界でいちばんかわいそうだなと思ってただけ」

「はっ？」

「あー、お願い。お母さん、昨日は会社で送別会があって、今日はひっどい二日酔《ふつかよ》いなの。お願いだから、朝からきょうだいゲンカなんてしないでちょうだい。ああ、もうダメ。頭がズキズキする」

「まったく、しょうがねぇな、母ちゃんは。オレがパンとか焼いといてやるからさ、それまでゆっくり寝《ね》てればいいよ」

「あら、いいの？　やさしいのね、ハジメは」

パッと顔が華《はな》やいだ母親に、ハジメは言った。

「オーケーオーケー、オレ様にまかせておいて。そのかわり、今夜のメニューは鶏《とり》の唐揚《からあ》げでよろしく！」

今朝はあれからテスト勉強をしたものの、朝の二時間だけでは一学期のあいだに積もり積もったツケを払《はら》うことはできなかった。

案《あん》の定《じょう》、化学基礎《きそ》のテストはぼろぼろだった。原子の構造も周期表もちんぷんかんぷんで、採点なんかしなくても、解いている途中《とちゅう》で「やっちまった！」のがわかった。せめてこたえられるところくらいていねいに字を書こうと思ったが、ていねいに書けたのは自分の名前と選択《せんたく》問題の記号くらいで、よくても赤点ギリギリの点数だろうと思われた。

だが、解けなかったのはハジメだけではなかったようだ。テスト終了《しゅうりょう》のチャイムが鳴って試験監督《かんとく》の先生が答案を回収《かいしゅう》し始めると、「やべぇ！」「なに、この問題」「超《ちょう》ムズかったー」などなど、うんざりしたような声が教室のそこかしこから聞こえてきた。

「なぁなぁなぁ、どうだった？」

ハジメはイスの背もたれによりかかると、後ろの席にすわっている近野《こんの》マモル、通《つう》称《しょう》ゴンちゃんに話しかけた。

ゴンちゃんは、名字の読みからいったら「コンちゃん」なのだけれど、テレビで大人気の「ゴンの助くん」というキャラクターにどことなく雰囲気《ふんいき》が似ているため、いつしか「ゴンちゃん」と呼《よ》ばれるようになっていた。

ゴンちゃんとハジメは同じ中学の出身で、中学ではサッカー部のチームメートでもあった。

ゴンちゃんは高校でもサッカー部に入ったようだけど、ハジメはどの部活にも所属していない帰宅部《きたくぶ》だ。和気《わき》あいあいとサークルっぽくできるようならサッカー部に入るつもりでいたのだが、今年から赴任《ふにん》してきた顧問《こもん》がやる気満々のウルトラ体育会系《たいいくかいけい》なので、入部はしなかった。どう考えたって、練習も上下関係も厳《きび》しくなることは目に見えていたからだ。

ゴンちゃんはタヌキ先生直筆の問題文に見入ったまま、うかない顔でこたえた。

「ダメだったよ。周期表、覚えたつもりだったんだけどなぁ」

「オレもオレも！　今朝なんて、わざわざ早起きしてまで暗記したのに、さーっぱり」

ハジメはそこまで話したところで、チラッとゴンちゃんをうかがった。

いつもなら、「えっ、ハジメが朝から勉強？　どうしたんだよ、地球が逆回転しちゃうよ」「うるせーな。オレだって、やるときゃやるんだよ」「すごいな、ハジメ。ぼく、一生ハジメについてくよ！」「おう、まかせとけ！」なんて具合に軽口をたたきあうところなのだが、あろうことか、ゴンちゃんは翌日《よくじつ》のテスト勉強を始めてしまった。

なんだよ、ゴンちゃん。どうしたんだよ？

ハジメがそう思ったとき、やはり同じ中学出身の宇佐美《うさみ》ヒロシが近づいてきて、「化学どうだった？」と、ハジメたちに聞いた。

「ぜーんぜん。化学の授業中、オレが何してたか、宇佐美《うさみ》だって知ってんだろ」

「ですよねー。あれだけしゃべりまくっておいて、高得点はありえないか」

宇佐美《うさみ》はいつもどおりクールに言ってのけた。

こいつは昔からちょっとさめてるところがあって、いつだって、おふざけしている
オレたちを遠目に見ている感じだ。といっても、つきあいが悪いわけではないので、
きっと、精神年齢《ねんれい》が高いんだろうな。

「ありえないとか失礼だろ。オレだって完璧《かんぺき》にこたえられたところくらいあるんだぜ」

「どこどこ？」

「な、ま、え」

「名前？　自分の名前くらい、だれだって完璧《かんぺき》だろ、フツー」

「いやいやいや、今回にかぎっては、字のハネとかハライとかトメも完璧《かんぺき》ですから！」

「ばーか。なんのテスト受けてんだよ」

「書道だろ？」

ハジメがボケたところで、宇佐美《うさみ》が「ちがうちがう、化学のテストだって！」とつっこんでくれた。

近くにいた女子がクスクスと笑ったけれど、なぜかゴンちゃんに反応はなかった。

ハジメは、こんなふうに仲のいい友だちと軽口をたたきあって笑っている時間が何よりも好きだ。自分のひと言で一気にその場が明るくなったときなんて、鳥肌《とりはだ》が立つくらい気分がよくなる。たいてい、ハジメのかけあい相手はゴンちゃんなのだが……。

ハジメは突然《とつぜん》、ゴンちゃんの手もとから古文のノートをひったくった。

「明日のテスト勉強なんて、帰ってからやればいいじゃんよ」

「あはは。そうだよねぇ」

ゴンちゃんはそう言ったものの、今度は国語便覧《びんらん》なんて取りだして、いっこうにやめる気配がない。

「だーかーらー、いつまで勉強してんだって言ってんの。柄《がら》にもないことすんなよなー」

「……」

ふだんなら、「だよねー。キャラまちがえちゃった」なんて感じで軽く返してくれるゴンちゃんが、ぶすっとした顔でハジメを見返した。

え、え、なに？　オレ、何かした？

いつにないゴンちゃんの雰囲気《ふんいき》にけおされて、ハジメのペースもくるってしまった。

「やだな、ゴンちゃん。まさか忘《わす》れたわけじゃないよな？　オレたちギリギリで海南に合格した組だぞ。そもそも高校のテストでいい点が取れるわけないっていうか、ちょっとくらいできなくて、あたりまえっていうか」

とにかく、この場を明るくしなければ、ゴンちゃんに笑ってもらわなければと思うあまり、あせって次々に言葉をかけた。

「いいじゃん、テストなんかできなくたって。そのぶん、サッカー部の練習がんばるとかさ！　そうだ、まだレギュラーを取れてないんだろ？」

「……」

「なんなら、今から校庭でサッカーの練習しちゃう？　オレもつきあってやるよ」

「……」

あれっ？　あれれれれ？

「う、宇佐美《うさみ》だって、ゴンちゃんが勉強してるところなんて見たくないよな？　なっ？」

急に話を振《ふ》られた宇佐美《うさみ》は「えっ、オレ？」と戸惑《とまど》いながら、けげんそうにゴンちゃんをうかがった。

宇佐美《うさみ》も、ふだんとはようすのちがうゴンちゃんを不思議に思っているようだ。

それはそうだろう。いつもなら、「ギリギリで合格したのはハジメだろ！」「今はサッカーとか関係ないって！」「ハジメと一緒《いっしょ》にしないでもらえますか？」なんて感じで軽く受け流してくれるゴンちゃんが、今日はむっとしたまま顔をしかめているのだから。

そのとき、ようやくゴンちゃんが口を開いた。

「やれるもんなら、サッカーの練習だってしたいよ。人の気も知らないで……よくもそんなことが言えるよな」

ゴンちゃんは、ハジメたちに聞こえるか聞こえないかくらいの声でそう言うと、足早に教室を出ていってしまった。

2　脳内《のうない》一人反省会

期末テスト一日目を終えたゴンちゃんは、「うちで一緒《いっしょ》に勉強しようぜー」と、何ごともなかったみたいに声をかけてきたハジメを無視《むし》して、だれよりも早く校舎を出た。

いつもなら運動部の連中でにぎわっている校庭は、テストの一週間前から使用禁止なので、人気《ひとけ》がない。サッカーボールとはだいぶ大きさのちがう小石を思いきりけり上げると、校庭の片隅《かたすみ》にある鉄棒《てつぼう》にあたって、コンと甲高《かんだか》い音を立てた。

校庭をつっ切ったゴンちゃんが向かったのは自宅《じたく》ではなく、学校の近くにあるバス停だった。そこから二十分ほどバスでゆられた先の病院に、数日前から母親が入院しているのだ。

あれは、どしゃ降《ぶ》りの雨が街をぬらした日のことだ。ショッピングモールへ買い出しに行っていた母親が階段《かいだん》で足をすべらせてケガをし、救急車で病院へ運ばれたのだった。

北海道に単身赴任《ふにん》している父親からSNSに知らせが入ったとき、ゴンちゃんの心《しん》臓《ぞう》は大きく一度脈を打ってから、止まったように静かになった。メッセージは「お母さんが病院に運ばれた！　今すぐ行ってやってくれ！」という短いもので、頭が勝手に最悪の事態をイメージしてしまったからだ。

幸い、ゴンちゃんの母親のケガは命にかかわるものではなく、右足のすねの骨折《こっせつ》と腰《こし》の打撲《だぼく》、それに数か所のすり傷《きず》ですんだ。ただし、しばらくは足を固定させておく必要があるため、今は入院中というわけだ。

「あら、マモルじゃないの」

ゴンちゃんが病室へ入っていくと、備えつけの小さなテレビを見ていた母親がおどろいた顔で言った。

「調子はどうかなと思ってさ。ようすを見にきたんだよ。はい、お見舞《みま》い」

ゴンちゃんは、バス停のそばのコンビニで買ってきた雑誌《ざっし》を渡《わた》した。料理好きの母親が読みそうなものを選んだつもりだ。

「ありがとう。いい暇《ひま》つぶしになるわ。でも、確か、今日から期末テストよね？　いいのよ、無理して来なくても」

母親がそう言うだろうことはわかっていたけれど、単身赴任《ふにんちゅう》中の父親はずいぶんと母親を心配していて、今朝もゴンちゃんのSNSには「オレのかわりに母さんの見舞《みま》いをたのんだぞ！」とメッセージが送られてきた。

明日はコミュニケーション英語と、ゴンちゃんが苦手《にがて》な古典のテストがあるから、今日は英語の会話表現や、古文の助詞《じょし》や助動詞《じょどうし》の復習をしなければいけない。それに、夜になったら、ピアノ教室に行っている妹のサユキのお迎《むか》えにも行かなくちゃ。サユキはもう小学六年生だから、自分のことは自分でできるけど、女の子の一人歩きは物《ぶっ》騒《そう》だから迎《むか》えにいってほしいと、母親からきつく言われていた。

それに、洗濯物《せんたくもの》もどうにかしなくちゃ……。今日のうちに洗《あら》っておかないと、明日、着ていくシャツがないぞ。晩《ばん》ごはんはどうしよう？　スーパーに総菜《そうざい》を買いにいって、しまった、炊飯器《すいはんき》の予約を忘《わす》れていた。食事のあとは風呂《ふろ》に入って、それから古文の文法を復習するとして、英語のノートも見直さなくちゃ。それから、明日のゴミ出しの準備をして、それから、それから……。

これまでは、試験期間中とはいえ、こんなに神経がピリピリすることはなかった。しかし、今回はやらなければいけないことが多すぎて、体がひとつではたりないくらいだ。家に帰ってやることを想像しただけで、気持ちがそわそわしてくる。

結局、母親の病室にいるあいだも、ゴンちゃんの頭の中は家事や翌日《よくじつ》のテストのことでいっぱいだった。

そのころ、ゴンちゃんの家がそんなことになっているとはつゆほども知らないハジメは、自室で「脳内《のうない》一人反省会」を開催《かいさい》していた。

なんだよ、なんだよ、なんなんだよー。

オレ、何かしたか？

オレのテンポが悪かったとか？　トークの内容がまずかったのか？　でも、ゴンちゃんは成績に一喜一憂《いっきいちゆう》するタイプじゃないしなぁ。となると、部活での人間関係で悩《なや》んでるとか？　部員が多くてレギュラー争いが熾烈《しれつ》らしいから、ピリピリしてるのかもな。

で？　いったい、どれが正解なんだ？

「あー、ダメだ！　わっかんねぇや！」

ハジメは大きな声で独《ひと》り言《ごと》を言うと、ばふっとベッドに倒《たお》れこんだ。直後、勢いよくドアが開いて、ティッシュの箱がハジメの後頭部を直撃《ちょくげき》した。

もちろん、投げたのは姉のアカリだ。

「いってーな！　なにすんだよっ」

「だから、うるさいって言ってるでしょ！」

「はぁ？　いつうるさいなんて言ったんだよ？　それに、勝手に弟の部屋に入らないでもらえますか？」

「あのねぇ、こっちだってテスト前で勉強中なのよ！　きょうだいとはいえ、普通《ふつう》はもう少し気をつかうものなんじゃないの？」

そうか。そういえば、姉ちゃんは試験の前になると殺気立つんだっけ。

今さらながら、その事実を思い出したハジメは、「はいはいはい、それはそれは申《もう》し訳《わけ》ありませんでしたねぇ」といやみっぽくあやまった。

そっか。そうだよ。理由はよくわからないけど、とにかくゴンちゃんも殺気立ってたんだ。明日、学校に行ったら、ちゃちゃっとあやまっておこう。

よし。これで一件落着だ。

そうと決まると、それがベストな解決策《かいけつさく》のように思えた。というか、それ以外に方法はない。

ようやく出た答えに満足しているハジメの耳には、アカリが「あんた、本当に申《もう》し訳《わけ》ないと思ってるわけぇ？　誠意《せいい》が感じられないのよ、誠意《せいい》が」と不満げに言った声など、これっぽっちも聞こえてはいなかった。

3 謝罪トライ！

翌日《よくじつ》、いつもの時間に学校へ行くと、教室ではクラスメートが机《つくえ》にかじりついて悪あがきをしていた。

ハジメはとっさにゴンちゃんの姿《すがた》をさがしたが、いつもならハジメより先に来ているはずのゴンちゃんが見あたらない。予定では、教室へ入るやいなや、ゴンちゃんのもとへとかけつけて、「昨日は悪かった！」とひと言、あやまってしまおうと思っていたのだが、すっかり出鼻《でばな》をくじかれてしまった。

もうじき始業チャイムが鳴るというときになって、ようやくゴンちゃんが登校してきた。肩《かた》で息をしているところを見ると、走ってきたらしい。

「お、おはよう」

ハジメがどぎまぎしながら声をかけると、

「おはよ……」

むっつりした低い声が返ってきた。

なんだか、今日も機嫌《きげん》が悪そうだ。でも、ちゃちゃっとあやまるって決めたし。

ハジメがくるりと後ろの席を振《ふ》り返《かえ》ると、ゴンちゃんは通学用リュックからペンケースを出していた。でも、いざ本人を前にすると、「ごめん」のひと言がなかなか出てこない。それどころか、昔から知っているゴンちゃんに面と向かってあやまるというのが、どうにもこうにも照れくさい。きっと、オレみたいなやつに真剣《しんけん》にあやまられたって、ゴンちゃんも引くよな。

よし。なるべく軽〜い感じで、ゴンちゃんも「あはは—」って感じで返事がしやすいように言おう。

そう結論《けつろん》をくだしたハジメは、へらへらっと笑った。

「なんかさぁ、うちの姉貴《あねき》もテスト前で機嫌《きげん》が悪くて。まさかゴンちゃんが姉貴《あねき》と同じタイプだったとは意外だけど、まっ、新たな一面っていうの？　とにかく、昨日は悪かった。許してくれ」

と言うと、最初からむすっとしていたゴンちゃんの表情がさらに険しくなった。

「はぁ？　なにが新たな一面だよ……。それに、許してほしいやつがそんなふうにさらっとあやまるか？」

「え、えっと、それはそのぉ……」

「前々から言おうと思ってたんだけど、ハジメはデリカシーがなさすぎなんだよ！」

えっ、えっ、えーーーーーっ。

ゴンちゃんに怒《おこ》られた……。

すっかりけおされたハジメは言葉につまった。てっきり、「ぼくのほうこそ態度悪くてごめん」くらいの返事をもらえるものと思っていたのだが、完全に読みをまちがえたようだ。

「や、やっぱ今のなし!　取り消す!」

ハジメはあわててそう言ったけれど、ゴンちゃんは顔を向けてもくれなかった。

そんな二人のようすを、少し離《はな》れた席から宇佐美《うさみ》がうかがっていた。


「あー……しくじったー」

その日、帰宅《きたく》したハジメは机《つくえ》に日本史の教科書を広げるや、その上につっぷした。

「なんなんだよ、もう」

そうつぶやいて顔を上げると、ハジメはスマホをにぎりしめた。

「農耕儀礼《ぎれい》がなんだ、蘇我氏《そがし》の独裁《どくさい》がどうした、文化史なんて知るものか!　唐《とう》の政治制度も、改新《かいしん》の詔《みことのり》も、現代に生きるオレには関係ねぇ!　とにかく、ゴンちゃんとの仲なおりが先なんだ!」

なみなみならぬ決意を胸《むね》に、ハジメは高速で謝罪文を打ち始めた。

今朝は「悪かった」「許してくれ」なんて軽い感じで事をおさめようとしたから、ゴンちゃんは機嫌《きげん》をそこねたにちがいない。文章にして、もう少していねいにあやまれば、今度こそ許してくれるはず。

「よし！　できたっ」

思わず叫《さけ》ぶと、隣《となり》の部屋から「うるさいわよ！」とアカリが怒鳴《どな》りこんできた。

「さっきから、独《ひと》り言《ごと》がはげしいわよ！」

ハジメは目をつり上げて抗議《こうぎ》するアカリを完全に無視《むし》して、朗々《ろうろう》と謝罪文を読み上げた。


——よっ、テスト勉強、はかどってるか？　今回はいろいろゴンちゃんを怒《おこ》らせたみたいでゴメンゴメン。そんなつもりはなかったんだよ、マジで。でも、全部オレが悪いと思ってる。ただいま、絶賛反省中。ゴンちゃんは悪くないよ。ホントにマジでゴメンな。だから、どうか許してください。お願いします――

どうだ！　男らしく自分の非を認《みと》めるこの文章。さりげなく「ゴンちゃんは悪くないよ」と言ってあげる気づかい。何より、悪気《わるぎ》がなかったという点もアピールできた。

「ふっふっふ。われながら完璧《かんぺき》だな！　よし、送信♪」

大満足していると、大きなため息が聞こえてきた。

アカリだ。

「なんだよ、姉ちゃん。いつまでオレの部屋にいるんだよ」

「はいはい、出ていきますよ。その前に、あんたがこんなにアホだったとは知らなかったわ」

「はぁ？　なんの話だよ、むかつくなぁ」

「はいはい、ごめんなさいねぇ。今、あやまったから許してくれるでしょう？」

アカリは小バカにしたような態度でそう言うと、ハジメの部屋から出ていった。

その直後、ハジメのスマホがぶるっとふるえた。

きっと、さっきの謝罪文を読んだゴンちゃんが返事をくれたにちがいない。

いそいそとメッセージを確認《かくにん》したハジメは、次の瞬間《しゅんかん》、ぽろっとスマホを床《ゆか》に落とした。

その画面には、こんなメッセージが表示されていた。

《いろいろってなんのこと？　いったい、何をどう反省してるわけ？　ハジメは本当は自分が悪かったなんて思ってないんだろ？　べつに無理にあやまらなくてもいいから》

4 許せない！

ハジメが頭を抱《かか》えているころ、数学の平方根の復習をしていたゴンちゃんは、小問を一題解いては、チラッとスマホに視線《しせん》を投げかける、という動作を繰《く》り返《かえ》していた。

「さっきは言いすぎちゃったかなぁ」

クラスメートのハジメからSNSにメッセージが届《とど》いたのは、数時間前のことだ。

おちゃらけた性格のハジメとは中学のころからのつきあいで、けっこう気が合う友だちの一人ではあった。いつも軽口をたたくときは、ゴンちゃんがいじられキャラにまわる。中学のころからそういう役まわりだったから、今さら不満もない。

ただし、今回は、母親の入院と期末テストがかさなってピリピリしていただけに、

「柄《がら》にもないことすんなよなー」「ギリギリで海南に合格した組だぞ」「今から校庭で

サッカーの練習しちゃう？」などとおちゃらけた態度でいじられて、思わずムッとしてしまった。

以来、ハジメとは険悪な雰囲気《ふんいき》だ。

とはいえ、ゴンちゃんはハジメのことが嫌《きら》いになったわけではない。本気で友だちをやめようと考えているわけでもなかった。

「さっきの謝罪文だって真剣味《しんけんみ》はたりなかったけど、ハジメなりに反省はしているんだろうし、そもそも、ハジメはわが家の事情も知らないわけだから……」

自分の母親が入院していることや、しばらくのあいだ、家事をしなければならないこと、それとテスト期間がかさなっていることを知っていたら、さすがにハジメだって、あんなふうにいじったりはしなかっただろう。

そう考えたゴンちゃんは、「よし」とつぶやいた。

明日、きちんとハジメに事情を話そう。それで仲なおりしよう。

ゴンちゃんはそう心に決めて、再び平方根の小問を解き始めたのだった。

テスト三日目の朝は快晴。家事とテスト勉強で疲《つか》れているゴンちゃんの心も思わず軽くなるような、気持ちのいい天気だった。青い空には飛行機雲がくっきりときざまれている。

いそいで食器を洗《あら》って家を出たので、いつもどおりの時間に学校に着くことができた。ゴンちゃんがすがすがしい気持ちで校門をくぐったそのときだ。「よっ!」と、背中《せなか》をたたかれた。

振《ふ》り向《む》くと、クラスメートの安藤《あんどう》ミサオがいた。夏の大会に向け、気合いを入れてそった坊主《ぼうず》頭《あたま》に夏の日差しがあたり、青白く光っている。ミサオは野球部員だ。

「おはよう」

ゴンちゃんがにこやかにあいさつすると、ミサオはしげしげとゴンちゃんの顔を見つめてきた。

スニーカーの先から頭のてっぺんまでじろじろ見て、最後に、ぷにっと、ゴンちゃんのほっぺたをつねる。

「な、なんだよぉ？」

ミサオの予想外の行動にたじろいだゴンちゃんがそう聞くと、ミサオは平然とこたえたのだった。

「べっつにー。ただ、ゴンちゃんでも怒《おこ》ることがあるんだなーなんて」

「怒《おこ》る」という単語を耳にした瞬間《しゅんかん》、ゴンちゃんは体が冷たくなっていくのを感じた。

「……怒《おこ》るって、なんのことを言ってるの？」

心臓《しんぞう》がいやな感じでドキドキしていく。まさか、ゴンちゃんとハジメがけんかしていることをミサオは知っているのだろうか？　だけど、どうしてミサオが？

ゴンちゃんたちのクラスメートはみんな仲がいいけれど、ミサオには武藤《むとう》ヒビキという親友がいるし、ハジメがわざわざミサオに相談にいくとも思えなかった。

すると、ミサオがニヤッと笑ってスマホを差し出した。

その画面にならんだ文字を目にしたゴンちゃんは、今度はカァーッと体が熱くなるのを感じた。

ミサオのSNSには、昨日のゴンちゃんとハジメとのやり取りがまるまる反映《はんえい》されていた。ハジメがスクリーンショットしたにちがいない。クラスメート数人でやっているSNSのグループに投稿《とうこう》し、ゴンちゃんとの一件をメンバーにさらしたのだ。

それ以外に、ミサオがこのメッセージを読める可能性《かのうせい》なんて思いうかばなかった。

「ハジメのやつ、いくらあやまってもゴンちゃんが許してくれないって、困《こま》ってたぞ」

「……」

「ゴンちゃんて意外と細かい性格なんだな」

「……」

「ま、確かにハジメの文面は主語がぼやけてて、いったい何をあやまってるのかわかりづらいけど」

「……」

「でも、あいつもそこそこ反省してるみたいだぞ。そろそろ許してやってもいいんじゃないか？」

もちろん、許せるはずがなかった。ゴンちゃんは、自分たち二人のあいだのプライベートなやり取りを簡単《かんたん》にクラスメートにさらした、ハジメの無神経さが信じられなかった。

ハジメは反省なんかしていない。絶対に。だって、少しでも自分が悪いことをしたと思っているのなら、こんなにひどい仕打ちができるはずはないのだから。

隣《となり》で話すミサオの声が、怒《いか》りのせいでどこか遠くから聞こえてくるように思えた。ドクンドクンと、心臓《しんぞう》の鼓動《こどう》がますます大きくなっていく。

絶対に、許さないんだから！

ゴンちゃんが強く強くそう思ったとき、だれかがこちらに近づいてくる気配がした。

「おはよ」

後ろから小走りにかけてきたのは宇佐美《うさみ》だった。

宇佐美《うさみ》はミサオとゴンちゃんに視線《しせん》をそそいでから、いかにも機嫌《きげん》が悪そうな空気を発散させているゴンちゃんに聞いた。

「おい、何かあったのか？　最近、ちょっとようすがおかしいなって思ってたんだ。

オレでよければ話を聞くぞ」

5 謝罪トライ、再び

テスト三日目の朝、部屋のカーテンを開けたハジメは、ぐったりした気分に拍車《はくしゃ》がかかるのを感じた。これでもかというくらい空が晴れていたからだ。雲なんてどこにもなく、宇宙《うちゅう》までつき抜《ぬ》けるような青い空が広がっている。

「くそっ。人の気も知らないで！」

ハジメはむしゃくしゃしたまま机《つくえ》に向かうと、数学の教科書を広げた。

今日は日本史だけでなく、化学に次いで苦手《にがて》な数学のテストもある。にもかかわらず、ゆうべはゴンちゃんのことで悩《なや》むあまり、まったく勉強が手につかなかった。ひと晩寝《ばんね》たら多少はスッキリして、やる気になるだろうと思っていたのだが、勉強を始めてもやる気はわいてこなかった。

ハジメはスマホを手に取ると、昨日、ゴンちゃんから送られてきたメッセージをあらためて読み返した。

《いろいろってなんのこと？　いったい、何をどう反省してるわけ？　ハジメは本当は自分が悪かったなんて思ってないんだろ？　べつに無理にあやまらなくてもいいから》

何度読み返しても、ものすごく怒《おこ》っていることが伝わってくる文章だ。それを読むたびに、ずしんと体の一部が重くなっていく。

はっきり言って、ハジメにはお手上げだった。そもそも根が軽いハジメは物事を深く考えることが苦手《にがて》な性格だ。考えて考えて考え抜《ぬ》いたすえに答えを導きだすことが、どうにも面倒《めんどう》くさくてたまらない。まじめぶって友人にアドバイスするのも苦手《にがて》なら、超真剣《ちょうしんけん》にアドバイスしてくるやつも苦手《にがて》だ。漫才《まんざい》のかけあいみたいに、いつだっておもしろおかしくライトな感じでやっていけたら、それがいちばんいい。

そんなわけだから、ハジメは、どうやったらゴンちゃんと仲なおりできるのかわからなくなっていた。どんな言葉を選べば、ゴンちゃんは許してくれるだろう？　チラッと頭をよぎるのだが、根をつめて考えることができない。

それで、昨日はあれからゴンちゃんのメッセージをスクリーンショットして、クラスメートとやっているSNSにアップし、グループで見られるようにした。自分一人の力ではどうにもできないと思ったから、ゴンちゃんの人となりを知っているクラスメートに助言を求めようと思ったのだ。

しばらくして、クラスメートから返事をもらえたときは、ハジメの作戦は功《こう》を奏《そう》したかに思われた。だが、ひとつ誤算《ごさん》があった。グループメンバーの一人である宇佐美《うさみ》から「こういうのってどうなん？　スクショがばれたら、ますますゴンちゃん怒《おこ》ると思うぞ」と忠告《ちゅうこく》されてしまったのだ。

「とにかく、二人でちゃんと話しあえよな。ゴンちゃんが怒《おこ》るなんて、何かあったんだろ。じっくり話してみないとわからないぞ」

宇佐美《うさみ》はそんなふうにもコメントしていた。

宇佐美《うさみ》の指摘《してき》はもっともだった。だけど、友だちと真剣《しんけん》に向かいあうって勇気がいる。そして、面倒《めんどう》くさい。メッセージのやり取りやスタンプひとつですむのなら、こんなに楽なことはない。

でも、どうにかしなくちゃな。今日こそは、ゴンちゃんとしっかり話しあおう。

ハジメはスマホをにぎりしめたまま「うぉぉぉぉぉ！」と、雄《お》たけびをあげた。

「うるさーい！　少しは自分以外の人のことも考えてよっ」

今朝も、パジャマ姿《すがた》のアカリが鬼《おに》の形相《ぎょうそう》で部屋に怒鳴《どな》りこんできたけれど、ハジメの心をゆさぶることはなかった。

結局、ハジメはろくにテスト勉強をしないで登校した。すると、教室の前の廊下《ろうか》にゴンちゃんが立っていたのだ。

いや、「立っている」なんてなまやさしいものではない。ゴンちゃんは怒《いか》りで顔を真っ赤にさせて、仁王像《におうぞう》のようにハジメがやってくるのを待ちかまえていた。

ゴンちゃんはハジメの姿《すがた》をとらえるなり、つかつかと間合いをつめた。そして、言った。

「どうして、ぼくのメッセージをスクショしたの？　あれは、ぼくたち二人のやり取りのはずだろ！」

や、やばい！

どうやら、グループのだれかがゴンちゃんに昨日の件をばらしたようだ。

ハジメは「うっ」と言葉をつまらせながらも、「べ、べつに、さらしたわけじゃ……」と言《い》い訳《わけ》をした。実際、アドバイスがほしかったから、参考にしてもらおうとスクショしてアップしただけで、ゴンちゃんとのことをさらすつもりはさらさらなかった。

「よくそんなウソがつけるな。ぼくの前では『ごめん』『悪かった』なんてあやまっておいて、みんなにはぼくのメッセージをさらして、笑いものにしてたんだろ」

「ち、ちがうよ。誤解《ごかい》だってば！」

「ハジメがそんなやつだとは思わなかったよ！」

ハジメは、ミサオたちにアドバイスを求めようとしただけで、ゴンちゃんをさらすつもりはなかったこと、今朝はあやまるつもりで学校に来たことなどを説明したが、ゴンちゃんは相当なけんまくで「ハジメのこと、見そこなった！」と言い残すや、教室に入ってしまった。
ゴ、ゴンちゃん……。
「うぅ、どうしよう！」

ハジメがひざからくずれ落ちたとき、ゴンちゃんと入れちがいに宇佐美《うさみ》が教室から出てきた。

廊下《ろうか》で四つんばいになっているハジメをすずしい顔で見おろしている。

「宇佐美《うさみ》～、オレ、どうしたらいいんだ？　ゴンちゃんのこと、めちゃくちゃ怒《おこ》らせちゃったよぉ」

ハジメが泣きつくと、宇佐美《うさみ》はクールに言った。

「とりあえず、わが身を振《ふ》り返《かえ》って猛烈《もうれつ》に反省するんだな。そんで、今日は一緒《いっしょ》に帰ろうぜ。ちょっとおまえに話がある」

そんなふうに話した宇佐美《うさみ》を、ハジメはきょとんとした顔で見つめ返した。

6 許してほしい

放課後になって宇佐美《うさみ》が話した内容は、ハジメが予想もしていなかったことだった。

「え……ゴンちゃんのお母さんが……入院？」

ハジメはおどろいて、隣《となり》を歩いている宇佐美《うさみ》に聞き返した。

「らしいぞ。先週、ショッピングモールの階段《かいだん》で足をすべらせて骨折《こっせつ》したんだって」

「じゃあ、ゴンちゃんちは今……」

中学生のころからのつきあいであるハジメは、ゴンちゃんの父親が北海道に単身赴《ふ》任中《にんちゅう》だということを知っていた。確か、四つ離《はな》れた妹もいたはず。

「家のことはすべてゴンちゃんがやってるらしい。近くに住んでるおばさんがいるんだけど、手伝いにきてもらうのは悪いからことわったって。サッカー部の練習も、お母さんのケガが回復するまでは休むつもりでいるらしいぞ。もう顧問《こもん》にも相談にいったって。そういうところがゴンちゃんらしいよなー」

「そっか、そうだったのか……」

宇佐美《うさみ》から事情を聞いて、ようやくゴンちゃんがイラついていた理由がわかった気がした。テスト期間で、ただでさえテンパっている時期に慣れない家事までこなさなければいけないのだから、相当なストレスだったにちがいない。そのうえ、大好きなサッカーからもしばらく離《はな》れなければならないとなったら、イラつきもするだろう。

そんなことになっているとはつゆ知らず、悪気《わるぎ》こそなかったものの、オレはゴンちゃんに失礼なことをしてしまった。あげくのはてには、ゴンちゃんの許可もなくメッセージをスクショして、ミサオたちに見せてしまった。ゴンちゃんが「さらした」と思いこんで、ますます腹《はら》を立てるのも無理はない。

「オレ、ひどいことしちゃったな」

思わずつぶやくと、隣《となり》で宇佐美《うさみ》が首をかしげた。

「まぁ、やっちまったことをなかったことにはできないからな。今からできることを考えるしかないだろ」

「今からできること？　そりゃ、あやまるしかないだろ！」

ハジメはきっぱりと言った。

宇佐美《うさみ》の前ではああ言ったものの、これまでに何度か謝罪にトライして、玉砕《ぎょくさい》してきたハジメは、万策《ばんさく》つきたようにも感じていた。「ごめん」も「すまん」も「オレが悪かった」も「許してほしい」も、言葉として発するのは簡単《かんたん》だけど、今回のゴンちゃんとの一件には、それ以上のものが必要とされている気がする。空気を読んで、漫才《まんざい》のかけあいみたいにテンポよくかたづけるというわけにはいかない。

家庭科の教科書を広げながら、ハジメがあーだこーだとうなっていると、案《あん》の定《じょう》、部屋のドアがノックもなしにいきなり開いて、怒《いか》り心頭に発したアカリが乗りこんできた。

「ねぇ！　何度も言うけど、少しは人のことも考えてよねっ」

アカリは何度言ったか知れない言葉を、今日もわからんちんの弟にぶつけた。

ハジメは性格は悪くないのだが、どうにも自分本位なところがある。他人の立ち場に思いをめぐらせられないところが欠点だ、とアカリは思っていた。

ぽかんとした顔でこちらを見ているハジメに、アカリは続けた。

「何があったのか知らないけど、ここのところ、あんたが悩《なや》んでるのはわかってる。だけどね、わたしは高三で、今回のテストが評定を上げる最後のチャンスなの。大学受験にかかわることだから後悔《こうかい》したくないんだよね。だから、お願い。少しはわたしのことも考えて。でっかい声で独《ひと》り言《ごと》を言ったり、早朝から目覚ましのアラームを鳴りっぱなしにさせたりするのはひかえてよ」

アカリはてっきり、「へーい」とか、「はいはい、わかりましたよ」とか、「うるせぇな、姉ちゃんは」なんて感じの返事を予想していたのだが、ハジメから返ってきたのは思いもよらない言葉だった。

「ごめん」

たった三文字だったけれど、いつになく心がこもっていた。

アカリは拍子抜《ひょうしぬ》けして、うっかり「ううん、わかってくれればいいの。あんたもテストがんばってね」と逆にはげましてしまったほどだ。

一方のハジメは、そのときになってようやく、何かわかったような気持ちになった。友だちに面と向かってあやまるのははずかしいとか、真剣《しんけん》に対応するのはパワーがいるとか、今までオレは何を考えていたんだろう。

「バッカじゃねぇの」

自分の気持ちじゃない、相手の気持ちだろ。どんな言葉をつかって、どんなふうにあやまるのがゴンちゃんに対してベストなのか、ゴンちゃんの状況《じょうきょう》から考えなくちゃいけなかったんだ！

そんなふうに思ったハジメは、ここにきてはじめて、ゴンちゃんの気持ちを想像しながらあやまる、ということに思いをはせるようになったのだった。

いよいよテスト最終日。ハジメはそれまでとはちがう緊張感《きんちょうかん》を持って、通い慣れた学校への道をいそいだ。さんさんと降《ふ》りそそぐ鋭《するど》い日差しも、ミーンミーンと鳴き始めたセミも、今朝はたいして気にならなかった。

今日も家事を終えてから登校したのだろう。肩《かた》で息をしながらゴンちゃんが教室にかけこんできたのは、クラスメートみんながそろったあとだった。

そのこわばった表情から、ハジメには、ゴンちゃんが抱《かか》えているものがすけて見えた気がした。

ハジメは放課後になるのを待って、ゴンちゃんに声をかけた。

「あのさ、ゴンちゃん。ちょっといいかな?」

ハジメがそう言うと、ゴンちゃんはチラッとハジメを見て、すぐに視線《しせん》をそらしてしまった。

「いそいでるんだけど」

むっつりした声で言われたけど、ハジメの決意はびくともしなかった。

クラスメートが教室から出ていったのを見計らって、ハジメは切りだした。

「あのさ、ごめん。オレ、こういう性格だから、気をつかうとか、察するとか、思いやるとか、すっごい苦手《にがて》で」

「言《い》い訳《わけ》なら聞きたくないんだけど」

「いや、そうじゃなくて。言《い》い訳《わけ》じゃないんだ。ただ、ゴンちゃんの雰囲気《ふんいき》がいつもとちがうことも、なんとなくしかわからなくて、こういう性格だから深くも考えなくて、本当は月曜日にもっときちんと話せてたらよかったんだろうけど、もう遅《おそ》いよな。オレ、きちんと話せなかったこと、すっごく後悔《こうかい》してて……」

ハジメがつかえつつもどうにか話すと、ゴンちゃんの表情が少しだけど、やわらかくなった気がした。

ハジメは、ゴンちゃんが置かれている状況《じょうきょう》を昨日、宇佐美《うさみ》から聞いたこと、そうとは知らずにいじってしまったこと、自分が悪いと思いつつも中途半端《ちゅうとはんぱ》な気持ちで軽くあやまっていたこと、そして、どうすれば許してもらえるか、自分で結論《けつろん》を出さずに、安易にゴンちゃんのメッセージをスクショして、ミサオたちに見せてしまったことなどを、一生懸命《いっしょうけんめい》に話した。

「本当に、ごめん。全部、オレが悪かった。許してください！」

最後にそう締《し》めくくると、ゴンちゃんが左右に小さく首を振《ふ》ったのが見えた。

「ぼくのほうこそ、ごめん」

「え、なんで、ゴンちゃんが？」

「ぼくも最初から、きちんと事情を説明しておけばよかったんだ。そうすれば、ふせげることもあったかもしれない。でも、あのときは気持ちがいっぱいいっぱいで。だから、ぼくにも悪いところはあったんだ。ごめんね」

「いやいやいや、オレのほうこそ悪かったって。ホントにホントに悪かったと思ってる。ごめん！　これからはマジで気をつける！」

ハジメが思いきり頭を下げると、ゴンちゃんは「もうあやまらなくていいよ」と応じてくれた。それは、ひさしぶりに目にするゴンちゃんの笑顔だった。

7 仲なおり

「ちわーっす」

「こんにちは。おじゃまします」

長かった期末テストから解放された週末、ハジメと宇佐美《うさみ》がゴンちゃんの家にやってきた。

「入って入って。本当に散らかり放題で、はずかしいんだけど」

ゴンちゃんがそう言うと、ハジメが「それ以上は言うな」とでも言うように、ゴンちゃんの口もとに手をあてるしぐさをした。

「で、どういう作戦でいく？」

ハジメはゴンちゃんにたずねた。

「とりあえず、たまった洗濯物《せんたくもの》はぼくとサユキでかたづけるから、二人には食器洗《あら》いと掃除機《そうじき》をお願いしてもいいかな？」

ゴンちゃんはこたえた。

「オーケー、オーケー。オレたちにまかせておきなさい！」

と、ハジメが応じると、

「こいつ、テスト勉強でなまった体をほぐすんだって、息巻《いきま》いてきたんだぞ」

宇佐美《うさみ》が言った。

「そうなの？　ハジメが体がなまるほどテスト勉強したなんて思えないけど」

「なんだとぉ。オレだってやるときゃやるんだよ！　もし時間があまったら、『退院おめでとう！』の飾《かざ》りつけもしようぜ。じゃーん！　途中《とちゅう》の百均でパーティーグッズも買ってきちった」

ハジメはゴンちゃんに向かって右手のレジ袋《ぶくろ》をかかげて見せた。

今日の午後、晴れてゴンちゃんの母親が退院する。ゴンちゃんの父親がわざわざ休みを取って、空港から直接、母親が入院している病院へ迎《むか》えにいくことになっている。

この一週間、ゴンちゃんなりに家事をがんばってきたけれど、母親のように完璧《かんぺき》にこなすことはできなかった。少しずつやり残したことが積みかさなって、ついには空き巣が入ったあとみたいに、部屋は散らかってしまった。

昨日、学校で、そのことをハジメにぼやいたら、気をきかせたハジメが宇佐美《うさみ》もさそって、ゴンちゃんの家のかたづけにきてくれることになったのだった。

「それじゃあ、始めよう！」

ゴンちゃんは妹のサユキにも声をかけると、四人がかりでかたづけにとりかかった。

みるみるうちに部屋がきれいになっていく。当初は、パーティーグッズで「退院おめでとう！」の飾《かざ》りつけをする時間なんてないと思っていたのだが、ゴンちゃんの母親が帰宅《きたく》する時間までに飾《かざ》りつけも終わった。

「まぁ！　ハジメくんと宇佐美《うさみ》くんまで、わざわざ集まってくれたの？　こんな飾《かざ》りつけまでしてくれて、ありがとう」

ゴンちゃんの母親は予期せぬサプライズを喜んでくれた。

「飾《かざ》りつけだけじゃないんだ。やり残していた家事もハジメと宇佐美《うさみ》が手伝ってくれたんだよ」

ゴンちゃんがそう話すと、

「そうだったの？　本当にありがとう」

ゴンちゃんの母親は恐縮《きょうしゅく》しながら、にっこりと笑った。

「いえいえ、おばさん。これしきのこと、オレの手にかかれば朝飯前ですから！　今度、おばさんの身に何かあったら、遠慮《えんりょ》なくオレにも連絡《れんらく》ください。そのときは泊《と》まりこみして、全力でゴンちゃんのサポートをしますから！」

「もう、ハジメくんったら。相変わらずおもしろい子ね」

ゴンちゃんの母親はそう言うと、ゴンちゃんを見た。

「マモルはいいお友だちに恵《めぐ》まれたわね。この一週間、無事に乗《の》り越《こ》えられるか心配だったけど、お母さん、安心しちゃった。宇佐美《うさみ》くん、そしてハジメくん、これからもマモルをよろしくお願いします」

「はい」

「うぃーすっ」


大きな声で返事をしながら、ハジメは考えていた。

なるべくなら、友だちを怒《おこ》らせないほうがいい。少し空気が悪くなったように感じたら、早めに「ごめん、ごめん！」ってあやまって、それで事が丸くおさまれば、労力も最低限ですむだろう。

だけど、今回の場合は、すぐに仲なおりができなかったからこそ、本気で悩《なや》んだり、相手のことを考えたり、あやまったり、許したりすることができた。最終的には、これまで以上に仲よくなることもできた気がする。

大事なのは、心からあやまるってことだったんだ。

「たまには、すれちがいも悪くないかもね」

不意にゴンちゃんがつぶやいたので、

「それ、それ！　今、オレも思ってたところ！」

ハジメは勢いよく賛同した。

「どっちでもいいけどさ、できれば、次からはちゃんと二人で解決してくれよな。あいだにはさまれてハラハラする役はこりごりだ」

宇佐美《うさみ》にうんざりした顔で言われて、ハジメとゴンちゃんは照れくさそうに笑った。

解説

東京学芸大学教育学部准教授　松尾直博

◎あやまることはとっても大事

そもそも、あやまらなければならない事態にいたらないほうがよいのですが、人生はなかなかそうはいきません。仲がいい人にはつい気を許してしまうし、親しみをこめた冗談《じょうだん》のつもりが、相手をすごく怒《おこ》らせることもあります。相手に対して悪いことをしたときは、きちんと素直にあやまりましょう。そうすることで、相手の気持ちはやわらぎますし、あなたへの信頼《しんらい》も回復します。そして、ハジメとゴンちゃんのように、ますます仲よくなることもあるでしょう。

◎火に油を注ぐようなあやまり方に気をつけよう

ただあやまればいいというものではなく、あやまり方がまずいと、よけいに相手を怒《おこ》らせたり、嫌《いや》な気持ちにさせたりすることもあります。ハジメの最初のあやまり方は、前置きが長くて、何についてあやまっているかもわからず、言葉づかいが軽いために失敗しました。

二回目の謝罪文は、やはり何についてあやまっているのかわからず、言葉づかいも軽いので、「自分が悪かったなんて思ってないんだろ?」と感じさせてしまいました。自分がしたことや、相手をいやな気持ちにさせてしまったことを反省し、心から悪かったと思っているということを、相手にわかりやすく伝えてあやまることが大切です。

◎誰《だれ》のためにあやまるのか

ハジメは、姉のアカリとのやりとりの中で、ゴンちゃんの気持ちよりも、自分の気持ちを優先《ゆうせん》させすぎていたことに気づきます。そして、自分がしたことをきちんと反省し、きっぱりとあやまることができました。だいぶ回り道になりましたが、最後のあやまり方は立派《りっぱ》だと思います。それを受け入れて許したゴンちゃんも立派《りっぱ》でした。そして、仲裁役《ちゅうさいやく》となった宇佐美《うさみ》も大事な役割《やくわり》を果たしました。仲裁役《ちゅうさいやく》ができるというのも、大人になるうえでとっても大事な力です。

謝罪は、コミュニケーションの中でも最も難《むずか》しいことの一つでしょう。「親しき仲にも礼儀《れいぎ》あり」という言葉もあります。仲がよくても、礼儀《れいぎ》を忘《わす》れてはいけません。あやまることは、礼儀《れいぎ》を尽《つ》くすうえでの最高の技術かもしれませんね。

あとがき

NHK「オトナヘノベル」番組制作統括　小野洋子

「一人でいるところを友だちに見られたら、恥《は》ずかしい」。

クラスの中心グループにいそうな活発な女子が、取材でそう答えたとき、「ええ？　あなたが？」と思わず聞き返してしまいました。

十代のころは、とかく周囲の目が気になるもの。その気持ちはよくわかります。つい無理をして友だちに合わせちゃうんですよね。グループの空気を壊《こわ》したくないからと、本当は傷《きず》つきやすい性格なのに、求められるがまま「いじられキャラ」を演じているという人もいました。

合わせることが、すべて悪いわけではないと思います。でも、そうした毎日に疲《つか》れているのであれば「自分が素直でいられる場所」が必要だと思います。

「キャラ変」「高校デビュー」「ぼっちを極める」など、あなたのまわりの先輩《せんぱい》たちも、結構苦労して居場所を探《さが》したはずです。

どんな自分も受け入れてくれる友だちに出会えることを願っています。

この本の物語は体験談をもとに作成したフィクションです。登場する人物名、団体名、商品名などは架空のものです。

〈放送タイトル・番組制作スタッフ〉

「ムリしてない？合わせることに…」（2016年4月7日放送）
「今こそ ぼっち充のススメ！」（2016年1月7日放送）
「“ごめんなさい”でトラブル発生!?」（2016年7月7日放送）

プロデューサー……渡邉貴弘（東京ビデオセンター）
　　　　　　　　　伊槻雅裕（千代田ラフト）
ディレクター………番場朋之、坂本ミズホ（東京ビデオセンター）
　　　　　　　　　橋口恵理加（千代田ラフト）
制作統括……………小野洋子、錦織直人、星野真澄

小説編集……………小杉早苗、青木智子

編集協力　ワン・ステップ
デザイン　グラフィオ

NHKオトナヘノベル　リア友トラブル

初版発行　2017年2月
第7刷発行　2023年7月

編　者　NHK「オトナヘノベル」制作班
著　者　長江優子、鎌倉ましろ
装　画　げみ

発行所　株式会社 金の星社
〒111-0056　東京都台東区小島1-4-3
電話　03-3861-1861（代表）
FAX　03-3861-1507
振替　00100-0-64678
ホームページ　https://www.kinnohoshi.co.jp

印　刷　株式会社 広済堂ネクスト
製　本　牧製本印刷 株式会社

NDC913　192p.　19.4cm　ISBN978-4-323-06214-3

Published by KIN-NO-HOSHI SHA, Tokyo, Japan.

乱丁落丁本は、ご面倒ですが、小社販売部宛にご送付下さい。
送料小社負担にてお取替えいたします。